遥かなる希望の島

You Raise Me Up

「試される大地」へのラブレター

磯田憲一
Kenichi Isoda

亜璃西社

はしがき――帰郷して気づいた、この島の希望

先年亡くなられた札幌の写真家清水武男さんは、晩年、アイヌ文化の奥深さに魅せられ、平取町の故萱野茂さんをファインダー越しに見つめ続けた。アイヌ文化の保存・継承に生涯を捧げた萱野さんとの共著である写文集『アイヌ・暮らしの民具』（クレオ、二〇〇五）は、その集大成といえるものだ。

生前、お会いした折に、「萱野さんには、もう十年早くお会いしたかった」と話されたのを、少し不思議な思いで聞いたことがある。というのも清水さんは、上空から広大な風景を撮影する「空撮」の専門家として著名だったからだ。

一九八〇年代から、「二十世紀の地球を写真に収める」をコンセプトに、十年をかけて五大陸

を巡り歩き、アラスカやペルーを始め世界の自然を空から撮り続けてきた清水さん。南米ナスカの地上絵、パタゴニア氷河、アマゾン、カリブ海、そしてアメリカ大草原――。そのスケールの大きさに驚き、「それに比べると、いくら広いといっても北海道の自然は可愛らしいものだ！」。

しかし、五大陸を十年間ロケして気づいたことがある。それは、「どこにも季節感がない」ということだった。例えば、カリブ海は一年中青い海、パタゴニアは氷河、アマゾンもジャングルばかりで、何回も行きたいとは思わなかったという。そうした体験を経て、「北海道は大陸に比べ遥かに小さな島だが、四季折々に美しい表情を見せる。その自然の豊かさに改めて気づいた」と述懐している。

グローバルに活動してきた清水さんは、そうして〝ローカル〟に回帰し、最晩年には、写文集『開拓時代・村の暮らしと道具』（清水武男写真事務所、二〇一三）を上梓する。広い世界を見てきたからこそ、身近に存在している豊かさを見つめる目線は温かい。「もう十年早く……」という言葉からは、その想いの深さが伝わってくる。

人は、足元にある価値には、まるで気づかないことが多いものだ。だから人はよく、何かを求めて旅に出る。北海道で生まれ育った私も、清水さんのスケールとは比べようもないが、平凡な者なりの〝旅〟を体験してきた。北海道を離れ、大学紛争の燃えさかる東京に身をおいた多感な季節、彷徨う身に吹きつける大都会の風は、心をも縮み込ませるほどの冷たさだった。

そして無口になった自分をかかえ、俯きながら故郷北海道へ帰ってきたのだった。だがそれは、実は〝希望への帰還〟ともいえるものだった。北海道は、東京の視点だけで見ると遠く離れた辺境だが、そこに暮らすと思い定めて目を凝らして見ると、この島の遥か向こうには希望が見える。

あれからいくつもの季節を越え、気がついてみると、歩いているのは午後、いや、もう旅路の果ての黄昏《たそがれ》時にさしかかっている。しかし、昇る朝日の輝きや灼熱の太陽に胸躍らせる季節を過ぎ、穏やかにさし込む木もれ日のやさしさに身と心をゆだねていると、この季節だからこそ、見えてくるものがあることに気づかされる。

この大地に育てられた一市民の目線で、まだ十分には知られていない、あるいは見落されている、「ひと・まち・文化」をめぐる北海道の〝希望〟を訪ねる旅に出てみようと思う。

挿画　田川博規

遥かなる希望の島＊目　次

Ⅱ　この島の希望　39

遥かなる希望の島——

「試される大地」へのラブレター

Ⅰ　木もれ日のなかで

1　心に刻まれた道

ニシン漬

北海道の春の風物詩だったニシンが、北の海にその姿を見せなくなったのは、いつの頃からだったか。江戸にもない春を謳歌してきた北の人たちにとって、群来《くき》の海が消滅することなど考えも及ばないことだった。

ニシン（鰊）は、「春告魚」とも書く。春になると銀鱗が浜を埋めつくすのは、かつて至極当たり前の光景だった。それが、まさに忽然と消えたのだ。今なお、北の浜には見果てぬ夢への想いが漂っている。

幼い頃、父に手を引かれて行った港町。荷車からこぼれ落ちたニシンが岸壁のあちこちに散らばっていた光景を、今でも鮮やかに思い起こすことができる。そのニシンをひろい集めるだけで、貧しかった四人家族の食卓を幾日もにぎわせてくれた。子どもの心さえも沸き立たせてくれたあの大らかなにぎわいは、もう今の港町にはない。

消えたのはニシンばかりではない。北海道独特の漬物であるニシン漬も、今ではほとんどの家庭で漬けられることがなくなった。積雪寒冷の北海道にとって、漬物は貴重な貯蔵食品であり、冬場の副食物として重宝された。とりわけニシン漬は、十二月から二月頃までの厳冬期に味わうものだからこそ、そのうま味が際立つ。

朝、母が袖口をたくし上げながら物置の四斗樽から、凍りついたニシン漬をボウルに入れてくる。時に氷がボウルに当たってカチッと鳴る。そばでは、ストーブの薪がパチパチと音をたてている。食卓は貧しかったけれど、どんぶり一杯のニシン漬があれば、茶づけご飯はいくらでも食べられた。ニシン漬は、冷たくて温かい不思議な母の味だった。

ニシン漬は、氷点下の寒さの中でこそ味わいを深める北国ならではのもの。ニシン漬を真ん中にした卓袱台を囲んでの家族団らんや、隣近所の人たちとの茶飲み話の風景は、今も記憶に残る。コミュニティという言葉もなかった時代、ニシン漬は立派に人々のコミュニケーションの橋渡し役を務め、「よっ！　ニシン漬」と大向こうから声がかかってもおかしくない看板役者だった。

今では文明の利器がすみずみに行き渡り、かくも効率的な暮らしができるようになった。その一方で、薪ストーブや暖炉の中で揺らぐ炎のような、おだやかで、やすらぎに満ちた暮らしもまた求められている。風土に根ざし培われた独特の物や味、技をどのぐらい持っているか、それがこれからは豊かさをはかるバロメーターの一つとなるに違いない。

以前、ある食文化研究家から聞いた話。コンビニエンスストアで売られているおにぎりは、全国で年間十五億個、一人当たりにすると十二個にもなるそうだ。今ならその数倍になっているかもしれない。

おにぎりはその名の通り、握ることに意味がある。台所に立つお母さんは、手のひらにうま味を凝縮し、そのうま味がおにぎりに移るという。食べる人を思って握るから、愛情も一緒に握られることになる。

子どもは成長過程でさまざまな食べ物に出会い、味、香り、色などを情報として覚える。だから大人になって食べ物が変わっても、年を重ねると子どもの頃の食べ物に戻っていくことができる。しかし、機械による大量生産の加工食品で育った子どもたちは、戻っていくところがない。「食べ物の故郷喪失といって良い」と、その研究家は話を結んだ。

つるべ落としの秋の日、冷たい手をさすりながら大根干しを手伝った記憶は、あの頃、北に育った者なら誰の胸にも宿っているに違いない。めぐる季節の予感を肌に感じながら、家族総出で漬け込まれるたくわん漬やニシン漬。厳しい冬を前にした粛然たる想いと同時に、家族みんなが力を合わせて一緒に冬支度をする、こそばゆいようなうれしさ――。知恵をシワに刻み、子どもたちとの冬越えをその細腕で支えるために立ち働く祖母や母の姿が、今もまぶたの裏に浮かんでくる。

あの四斗樽に漬け込まれていたのは、ニシン漬だけではなかった。

心に刻まれた道

二十代が終わる頃、北海道の若者たち十一人とアメリカ大陸横断の旅に出たことがある。ニューヨークから西へ向かうグレイハウンド長距離バスの旅。目的地の西海岸・サンフランシスコにたどり着いたのは、スタートから三十三日目のことだった。

日がな一日走っても変わらない風景、大平原を切り裂くようにどこまでも続く道——あれほど地平線を眺め続けたことは、あとにも先にもない。シカゴでは、なぜか眠れない夜を過ごした。ビルの谷間に昇る朝焼けの陽が痛いほどに眩しい……。ひとつの季節が終わり、揺れる心を過去に包み込むと決めた日の朝でもあった。

今では当たり前になったが、大型バスの運転手が女性であることに、どうしても合点がいかなかった。しかし、大きなハンドルを軽々と操りながら、混み合う道を軽快にすり抜けていくその姿には、仕事への誇りと自信があふれていた。

対向車の一台がクラクションを鳴らし、運転席の男がしきりに手を振っている。「ヤァ」と手を挙げ返した彼女は、こちらを振り向いて「今のはマイハズバンド」と言って微笑んだ。同じ街で働いていて、週に何度かすれ違うことがあるという。サンフランシスコ湾沿いを走る貸切りバスの中で、陽気に語る彼女の横顔を見つめながら、私はなぜか初めての外国・アメリカを感じていた。

彼女はまた、海に顔を向けながら「晴れた日には、この湾の向こうに日本が見えるのよ」と言った。エッと驚く私たちに、彼女は静かにこうつけ加えた。「残念ながら、今までそんなに晴れた日は一度もなかったけれど……」。

東から西へ辿ったアメリカ大陸七千キロの道。今懐かしく思い起こしながら、そのルートを地図に落としてみると、ほぼ一直線でしかない。けれども、優しさとユーモアにあふれた人たちとの出会いは、人生の中で飛び切り贅沢な道草の日々だった。

「道」といえば、幼心に刻まれた道もある。

降りしきる雪が街灯の光に照らされて、一瞬舞い上がるように見える夜更け——。肩に降り積もる雪を払いながら、母親と幼い子どもが暗闇の道に佇み、遅い父親の帰りを待っている。やがて、重そうにソリを引く父の姿が雪明りの中に現れる。ソリの上には、父の肩ほどに積み上げられたミカン箱。父は、灯りのほとんどない道を、街なかから一人でソリを引いてきたのだった。

当時、父は定職を失い、母もまた体を弱くしていた。家計をいくらかでも助けるために、父は小さな家の玄関を少しだけ改装し、近所相手のわずかな商売を目論んでいた。しかし、仕入れたミカンは一個も売らなかった。というより、売ることができなかった。

毎日遊びにくる子どもたちに、母は一個二個と分け与え、向こう三軒両隣の母親たちにもおすそ分けした。近所の子どもたちに時間貸しをして日銭を稼ごうと仕入れた足こぎスクーターは、一度も貸し出されることなく、近所の子どもたちの格好の遊び道具になった。夏の日の昼下がり、雪の日に父がソリを引いて帰ってきた〝あの道〟に、スクーターをこいで遊ぶ子どもたちの歓声が響いた。

家族のために父は、雨の日も風の日もあの道を汗みどろになって歩き続けた。やがて父の背丈を超えた子どもは、振り返りもせずにその道を通り過ぎ、東京へと旅立った。子どもの時分を過ごしたあの道――。今も誰かが歩き続けているだろうか、それとも、もう草で覆われ跡形もなくなっているだろうか。

人は、さまざまな道を歩き続けている。土の道、草の道、アスファルトの道、喜びの道、悲しみや怒りの道。時を刻む道は後戻りできないけれど、日々の営みは、行きつ戻りつの迷い道。ゴールへの道は一本道ではないと心に留めて、時に踏み分け道を抜け、時に道草を食いながらノンビリと行けばいい。

若い人が土地を離れることを嘆く声も多いが、若者が旅に出たいと考えるのはごく自然なこと。大切なのは、若者が再び帰ってくることのできる、道とふるさとをつくっていくことだ。

人は、心に刻んできた道に、いつか再び戻って行くような気がする。道を究めるために精進する世界にも、こんな言葉がある。

「稽古とは、一より習い、十を知り、十より返る、もとのその一」

人は皆、それぞれの〝いつかの道〟へ還るために、旅を続けているのかもしれない。

木のトラック

「そういえば近頃、父親に怒られなくなった」と気がついて、少し寂しくなった時のあったことを思い出す。軍人として戦場に赴き、厳しい規律の世界を生き抜いてきただけに、母にとってはひたすら怖い存在だったという。しかし、戦後育ちの私にとっては、古いアルバムの中の軍服に身を包んだ若い父親の姿に、かろうじてその面影を見るだけだった。

戦後、職も定まらず、不如意の暮らしが続いたものの、戦火をくぐる毎日から解き放たれた安堵からか、私には心穏やかな父だった。そんな父が一度だけ、幼い私を震え上がらせるほど怒ったことがある。

母に連れられて、近くの市場へ行った時のこと。私はおもちゃ売り場の店先で、一点を見つめて動かなくなった。それは、木でできたおもちゃのトラックで、自分の背丈ほどもある大きなものだった。母は何とか諦めさせようとしたのだろうが、私はただひたすら、そのトラックがほしくて、家に帰ってから明けても暮れても泣き続けた。

三日目の夜、父は泣き続ける私を素っ裸にして、裏戸の前の物置に閉じ込めた。私は怖さと寒さで、なおさら泣きじゃくった。木のトラックは、当時の我が家の家計にとってケタ外れに高価だったに違いない。たとえ一円でも足りなければものは買えないのだと、幼心にもわかりかけていたはずなのに、なぜあんなにも木のトラックがほしかったのだろう。

父はどう工面したものか、涙も枯れかけた頃、その木のトラックは私の枕元にやってきた。それからというもの、年の離れた弟が生まれるまで、そのトラックは私の一番大切な遊び友達になった。幼い弟もまた、私がそうしたようにトラックにまたがり、部屋中を動き回っていた。

私たち二人を乗せ続けてきたトラックが、その重さに耐えられなくなった年の夏。トラックはわが家の五右衛門風呂の焚き口で、大きな炎をあげて燃え続けた。その夜、父と弟の三人で入った湯の温かさは、今もかすかに肌が覚えているような気がする。父の思い、私の涙、弟の手垢が染み込んだトラックは、最後の日も文字通り身を焦がして私たちの心と体を温めてくれた。

以前、函館の遺愛女子高校を訪ねたことがある。建てられてから百年を遥かに越えているという木造校舎に足を踏み入れた瞬間、やわらかな空気に包まれたような気がした。幅の広い廊下、磨き上げられたフローリング、手入れの行き届いた板壁——。その廊下を往きかった幾千もの人たちの想いが、時間という力を借りて育んできたやすらぎとでもいえば良いだろうか。

木の醸し出す温かさ——そこからは、人の心をやさしく受けとめながら、営々と生き続けてきた時の重みが深く伝わってきた。

　木が身近にある暮らしから遠ざかって久しい。遊び道具が豊富になって、木登りする子どもたちもいなくなった。かつては、裏山の大きな木の枝に子どもたちの隠れ家があったりしたものだ。効率性や合理性を求める暮らしの中で、木の温もりや優しさに想いを及ばせることが難しくなっているのかもしれない。

　私たちは、新しいことに価値を置くものの考え方に、慣れ過ぎてしまったようだ。だから、日本古来の木造建築も、時間をかけて家族でつくりあげていく家づくりから、昨今は二、三十年も経てば壊してしまう前提で安易な住宅が建てられがちになっている。

　私たちは、どこかで道を間違えたのかもしれない。

豊かさの意味が問い直されようとしている今、年輪を重ねて築いていくしかない息の長い木の営みに、あらためて想いを馳せてみたい。時間が育む木の文化と、人の暮らしを重ね合わせてみるといい。かつて日本の家庭は、柱のキズが増えるごとに、家も家族も思い出をふくらませながら成長してきたのだ。

　もう遥か昔のことになってしまったが、あの日、裏戸の横に佇みながら燃え上がる炎を見つめていた自分の姿を、古い写真を見るように思い起こすことがある。あの木のトラックは、刻《とき》に磨かれツヤを増しながら、今も私の心の中を走り続けている。

私の精神安定剤

幼な子二人とともに、三世代で同居することになって、思いもかけず大型の七人乗りミニバンを購入することになった。まさに「泣く子（孫）と地頭には勝てぬ」の仕儀なのだが、生命《いのち》輝く日々をともにしていると、かつて、こんなに腹の底から笑ったことがあったろうかと思うほどの時があり、我ながら驚く。邪気とは無縁の愛しい生命には、心くぐもることのあったこれまでの人生途上のことなど、いっぺんに忘れさせてくれる力がある。

大型車を購入することになって、一つだけ困ったことがあった。昔から、暮らしをともにしてきた旧《ふる》いマイカーが一台、今も廃車出来ずに残っているのだ。今や一家に二台も珍しくはない時代だが、台所を預かる妻ならずとも、わが家には少々荷が重い。だが、どうしても棄てられないのだ。

なぜそうなってしまったかといえば、その車を十年ほど乗り続けて、そろそろ買い換えようかと思っていた時、小学一年生になったばかりのひとり娘が、車を見て言ったのだ。「うちの車は、いつも笑顔だね！」。予想もしなかった子どもの言葉に、一瞬雷に打たれたような想いがしたものだ。

デザインの進化なのか、街を走る車の多くは前照灯が流線型をしていて、いつも〝目を吊り上げて〟いる。それに引き換え、わが旧型車のヘッドライトは、左右一灯ずつの丸型。確かにそう言われてみると、ニッコリと笑っているではないか……。そのひと言以来、どうにもこの車を手放すことが出来なくなってしまった。

それからさらに十年近く経った頃、日頃世話になっている整備工場の親父さんが、「車検を取れと言われれば仕事だからやるが、これ以上お金をかけるのはもったいないのでは……」とポツリ。妻の顔も思い浮かび、「そう言われればそうだね……」と廃車にしてもらうことにした。

だが、思いがけない事態が発生する。その日の夜、車のことが脳裏をよぎり、ほとんど眠れなくなってしまったのだ。翌朝、眠い目をこすりながら、妻の「仕方ないわね」の言を何とか取り付け、廃車の決意を一晩で撤回。以後、ミニバンの「新ちゃん」に対し、「旧《きゅう》ちゃん」と呼ぶ一九八〇年製トヨタ・チェイサーは、わが家の家族であり続け、今年（二〇一九年）、三十九歳になった。

旧ちゃんには、エアコンなどついていない。真夏は、窓を全開にしても汗だくのドライブとなる。信号待ちの時、隣の車が窓を閉め切ったまま悠然としている姿をみると、羨ましいというより、気恥ずかしさを越え、惨めな思いを噛み締めたものだ。窓の開閉も、もちろんパワーウィンドウではなく、すべて手動式である。

ある時、北海道環境財団の理事長を務められていた故辻井達一さんと環境談義になり、すべてがオートマチック化され、効率が最優先される時代について語り合ったことがある。その折りに旧ちゃんの話をすると、辻井さんは頷きながら「いい車だね。万が一、海に落ちることがあっても、その車なら窓を開けて脱出できるかも……」とにっこりされた。

哀しいかな人は、見栄や世間体に左右されがちだ。しかし、その時々の思い込みなど浅はかなもので、時の流れの前ではひとたまりもない。あの時、気恥ずかしさと少々の惨めさを覚えた全開の窓は、「環境の時代」の到来とともに、自然の風にわが身を晒す心地良さと、手動式であることへの愛おしさを生む、無二の〝窓〟となった。

四十年近く走り続けたわがチェイサーは、一層旧式になった。だが、そのボディラインは巡り巡って、今見ると何とも優美かつ新鮮だ。長く時をともにしたものが持つ思い出の力が、旧ちゃんの価値を益々高めていると感じる。旧ちゃんとはいずれ別れの時がくるだろうが、私にとっては、今やかけがえのない精神安定剤なのだ。

〝わずらわしさ〟という幸せ

「遠くの親類より近くの他人」というが、最近ではそれも怪しくなってきた。都会のマンション暮らしでは、壁一枚隔てた隣が、数キロ先にしか隣家がないような田舎の一軒家よりも〝遠い〟ことがある。効率的という物差しで見れば、都会暮らしの匿名性はむしろ都合が良いのだろう。だが、これから成熟社会を迎えるというのなら、他人《ひと》や物とのわずらわしい関係を取り戻していかねばなるまい。

北国に住む者にとって、長い間、最もわずらわしいと思ってきたのは、冬であり、雪や氷だった。行く手に厳しく立ちはだかる壁として、開拓者たちに限りない苦痛を課してきた。父や母にとっても、ただひたすら耐え忍ぶ季節だった。

眠るように過ごすしかない季節――。しかし、子どもたちだけは、底抜けに明るかったような気がする。雪は、大地の汚れを包み込み、空き地という空き地を子どもたちの遊び場に変えた。雪の土俵ができ、城が建ち、カマクラが作られ、時には雪の落とし穴が掘られた。雪は、大地をたちまち遊園地に作りかえてしまう、天からの授かりものだった。

ミカン箱を利用して作った手製のソリを犬に引かせて雪道を駆けまわる、手綱を操るおじさんの目をかすめて街を行き交う馬橇《ばそり》の後ろにぶらさがる。そんなスリルいっぱいの遊び方も、ごく日常のことだった。

その一方で父と母は、吐く息が掛け布団の襟布を凍り付かせるようなあばら家で、寒さから子どもたちを必死に守り続けた。

まだ明けやらぬ朝、子どもは布団からそっと抜け出し、居間のストーブの焚き付けに火をつける。パチパチという音を確かめてから、子どもは震える身体を再び布団にもぐり込ませる。部屋がほんのり暖かくなった頃、目を覚ました母が驚きの声を上げる。

灯油やタイマーなどというものがなかった時代、年に幾度かの母さん孝行のつもりだった。

そのこそばゆいようなうれしさは、冬の厳しさが子どもに与えてくれたひとつの恵みであったと、今になって思う。

林白言さんのエッセイの中に、記憶をたどるとこんな話が出てくる。

――鹿児島よりもっと南の島で、のどかな休暇を過ごした男が帰りの船を待っている。予定の時刻をとっくに過ぎたのに、船はなかなか姿を現さない。島の人々はといえば、のんびりと会話を楽しんでいる。かれこれ二時間近くも遅れて、ようやく船のマストが見えた。「あの船はあとどのくらいで着くのか」と尋ねる男に、島の人は「そうだなぁ、あと一時間半ぐらいかな」。怒り心頭の男は、「そんないい加減な……この時刻表はなんのためにあるんだ!」。島の男がさらりと答えた。「それがないと、どのくらい遅れたかわかりませんもんな……」――

この悠然たるプラス思考。風土や文化をゆったりと受け入れ、物事に動じない人々の暮らしには、心にしみるユーモアがある。

ひるがえって北に住む私たちは、どうすべきなのか。ここはじっくり冬とつきあい、冬を〝わがもの〟にしてしまうことだ。決して強がりなどではないプラス思考で、自然の息づかいに呼応したリズムを、日常の中に刻むことができるかどうか。お金では買えないものが本当の財産だとしたら、北に暮らす私たちにとって、冬や雪はアバタではなくエクボそのものなのだから。

冬や雪がイヤだというなら、北に暮らすことを選択しなければ良いし、住むしかないのなら、好きになることだ。

「好きこそものの上手なれ」

先達が、耳元でそうささやいている。

2　時を磨く

時を磨くビルヂング

北海道開発の象徴だった旧拓銀ビルが取り壊された今、周辺最古のビルといわれ健在なのが「大五ビルヂング」（札幌市中央区大通西五）である。旧拓銀ビル竣工の七年前に当たる一九五四年（昭和二十九）に完成。その重厚な造りから、〝軍艦ビル〟と呼ばれていたという。手入れの行き届いた建物は今も当時の面影を残し、凜々しい姿で立ち続けている。

この風格ある建物は、隆盛をきわめた炭鉱会社の本社ビルとして建設されたが、エネルギー革命の中で炭鉱は閉山。一九七二年に現在のオーナー会社が引き継ぐことになった。外観からは窺えないが、内部に足を踏み入れた時の空気感は、近隣のビル群とまったく趣《おもむき》を異にする。建設当時の栄華を反映し、一階ロビーには大理石がめぐらされ、階段の手摺りやステップ、ドアノブ、スイッチやドア止めにまで真鍮が使われている贅沢さなのだ。

築七十年に近い建物の美しさと気品は、清掃管理を担う人たちの働きぶりが支えている。真鍮部分の磨き上げ方など、見事というほかない。建物のシンボルともいえる螺旋階段の手摺りはもちろん、人目につくことのない小さなドア止めまでもが鏡のように光り輝き、ステップの溝には泥一つない。

ビル管理は外注が当たり前の時代に、清掃を担当する人たちがオーナー会社の正規雇用だと知り、その仕事ぶりに得心がいったものだ。入居者は、感謝の想いで声を掛け、その言葉に清掃の皆さんも笑顔で挨拶を返してくれる。そんな静かな交流も、建物の味わいを深めているといえるだろう。

この空気感を友人のテレビ局記者に伝えたところ、建物の今を全国に報道してくれたことがある。その映像を見たビルのオーナーが、「社員の働きぶりをこんなに喜んでくれているのか」と感嘆し、職員の給与をわずかながら上げることになったと、管理会社の方が教えてくれた。

世の中が、非正規へ、コストカットへと心ささくれ立つ中、それとは裏腹に、この建物には爽やかなそよ風が吹いている——そう私には思えてならない。直営の地下食堂で働く人たちも、この上なく優しい眼差しをしていて心和む。年を重ねるほどに不安の増す時代だが、この空間が醸し出す温もり感を、ここから地域社会へ、そして札幌の街全体、さらには北海道へと広げることが、この北の島に暮らすことの〝幸せ感〟を深めていくことにも繋がるのではないだろうか。

経済活性化などという言葉を大上段に振りかざさずとも、このビルに流れる風は、入居者たちの日常を幾倍も温かくしてくれる。建物を愛し、誇りを持って、真鍮や大理石という名の時を磨き続ける人たちの姿を間近にするとき、このビルには小さな幸せの素《もと》が満ちていると感じるのだ。

時間を味方に

この北の国では、数多くの菓子メーカーが切磋琢磨していて、まさに〝お菓子王国〟と呼ぶにふさわしい活況を呈している。その発展をリードしてきたのが、帯広の六花亭製菓であることは、多くの人が認めるところだろう。

その一歩先を行く企業姿勢はさまざまな機会に語られているが、中でも注目すべきは、三十年間にわたって社員の有給休暇取得率一〇〇パーセントを継続していることだ。働き方改革などと声高に語られるずっと前から実践されてきたものだが、経営トップであった小田豊さん(二〇一六年に社長を退任し、現在は六花亭食文化研究所所長を務める)の深い想いと社員の高い意識が一体にならなければ成し得ない、日本でも稀なる取り組みといえる。

美味しい菓子の提供という社会的役割を果たす上で、「まずは、社員が心身ともに健康でなけ

れば……」という小田さんの経営哲学は、お菓子の味わいを深めるとともに、企業への信頼をも高めている。

さらに心惹かれるのは、菓子づくりへの向き合い方だ。

「うちの菓子は、発売当初と同じものは一つもない。時間をかけて、古くならないように手を施し、新しいものにしていく」

「月日を重ねることで出る値打ち――それは他所様《よそさま》に追いつかれないということ」

小田さんが言われていることの意味は、建物の持つ価値を例に考えてみると得心がいく。新築ラッシュの札幌駅前通には、次々と新しいビルが建つ。だが、その多くは、建ち上がった時がピークというものばかりで、赤れんが庁舎と並び称されるほどの建築物は、残念ながら一つとして見当たらない。

それに比べて、札幌駅前通に隣接する大五ビルヂングは、取り壊された旧拓銀ビルより七歳も年上だが、重ねた歳月が生み出す価値を身にまとい、日々輝きを増している。その風格と美しさは、駅前通に新築されるビル群の追随を許さない。

〝新しい〟という売りは、次なる〝新しさ〟に軽々と超えられていく。ましてや、時間が紡ぎ出す価値に追いつくことなど叶わない。

「新しいとは、古くならないこと」という言葉がある。それを体現する、小田さんの言われる時間が生み出す値打ち、そして大五ビルヂングが日々深める味わいは、この成熟社会、高齢社会を豊かに生きていくための智恵にも通じる。「正しく古いものは、永遠に新しい」。これはスウェーデンの画家カール・ラーションが、自宅の天井に刻み込んでいた言葉だという。黄昏の道を往く私だが、迷い道を行きつ戻りつする中でこの言葉とめぐり逢ったとき、その遥か向こうに仄かな明かりが灯った気がしたものだ。

時間をかけることでしか生まれない濃密な気配に心よせながら、真っ当に正しく古くなっていこう——そう思い定めると、老いることに少し勇気が湧いてくる。

都市の力量

札幌市と米国ポートランド市が姉妹都市となったのは一九五九年（昭和三十四）のこと。以来、半世紀にわたって交流が続き、今では札幌市民にとって最も馴染み深い外国の都市になっている。ポートランド市は今、青少年の外国研修先としてたいへん人気のある都市と聞くが、その先鞭をつけたのは札幌である。私も一度訪問したが、バラのまちとしての美しさはもちろん、大きな建物が林立することなく、低層で統一された落着きある街並みが印象的だった。

かつてポートランドの街に四十階建ての銀行が出来た時、祝賀の席で知事が、「高層建築はこれを最後にしなければ。この街は、どこにいても山（マウント・フッド）から語りかけられる声が聞こえる街なのだから」と語ったという。その言葉が市民の暗黙の規範となり、古い建物を保全し、家並みを低くする心がけが、街の佇まいを守ってきた。訪問時にも、かつて窓のない駐車場ビルが建ってしまったのを機に、一階に窓のない建物の建設が禁止されたと聞いた。

そうした都市づくりの礎となったのが、ビル内藤という日系市民の存在だったという。内藤さんは日頃、「古い建物のない街は、想い出を持たない人生と同じ」と話し、古い建物をいくつも買収し、内部を改修して新しい命を吹き込み、地域全体の再開発に尽力した。そんな内藤さんが一九九六年（平成八）に他界した時、ポートランド市はその先見性と貢献を後世に伝えるため、ウィラメット川沿いの通りを「Naito Parkway」に改称したという。

ポートランド市との交流に先鞭をつけた札幌が、その精神を自らの都市づくりに十分活かしてきたかといえば、さてどうだろうか。札幌の歴史とともにあった、駅前通りに面した老舗百貨店の建物はアッという間に壊され、道庁赤れんがを望む古いホテルの跡地は駐車場ビルに変わり、街並みはますます無表情になっている。景観に対するこの鈍感さは、道民気質の〝おおらかさ〟のせいではなく、新しければ良しとするその気質ゆえに、時間の生み出す価値に思いが至らないせいかもしれない。

「人は、思い出を拠りどころに生きている」と語り、「人生に悩み迷う時、持っている思い出の数が多いほど生きる力が強くなる」と綴った作家の角田光代さん。それは、都市の力量にも通じるように、私には思える。

ポートランド市の備える香りや品格は、旅人の心をも打つものだが、札幌もまた、地域固有の資源や歴史から目をそらさない都市であってほしいものだ。

不動の道しるべ

札幌中心部の碁盤の目に区切られた街区は、大都市にしてはスッキリとわかりやすく、街の爽やかさを演出する〝札幌自慢！〟の一つと思ってきた。ところが、東京から来訪した学生時代の先輩に、「この碁盤の目というのが、わかりづらいんだよ！」と言われ、その感覚がうまく飲み込めずに戸惑ったことがある。

よくよく聞いてみると、碁盤の目そのものがわかりづらいのではなく、似たような建物が整然と並び、印象の希薄な街角が続くことで、自分の立っている場所の位置関係を認識しづらい、ということのようだった。人間は無意識の内に、たえず自分の立ち位置を推し測っているものだが、改めて碁盤の目の中心部を眺めてみると、個性の乏しい整然とした街並みが、むしろ訪れた人を戸惑わせるのかもしれない。

一方で、この碁盤の目に付された「○条○丁目」という住居表示は、先人の偉大なる知恵の所産といえるものだ。その価値は、単なる記号としての住居表示ではなく、中心部を東西に走る大通《おおどおり》、南北に流れる創成川という、大地に刻まれた不動の造形物を基点に表示されていることにある。この街に住まいを定め、十文字に交差する大通と創成川の存在を身体にしみ込ませてきた市民は、条・丁目を聞くだけで、その位置と距離を瞬時に想像できるはずだ。日常あまり意識することはないにしても、その関係性はこの街が持つ豊かさの一つといえる。

数年前、急逝した友の自宅を、札幌郊外に初めて訪ねたことがある。友に別れを告げ、辞去した深夜、自分の帰るべき方角を暗闇に見失い、一瞬うろたえたことがある。その時、漆黒の闇の向こうにかすかに浮かぶ手稲山の頂きが見え、その山容に導かれて無事帰宅することができた。その時、山を「一座、二座……」と数えることを思い起こし、山は座して己れの位置と方角を一瞬にして指し示してくれることを、改めて思い知らされた。

札幌を見下ろす手稲や藻岩の山もまた、市民にとって揺るぎなくそこにあり続ける、不動の道しるべなのだった。

一方、人工的に造られた東京の高層建築群の狭間に身を置くと、寒々としたその光景に疲れが昂ずる。それは、立ち位置を指し示してくれることなく、あたかも一人ひとりのか細い人間など蹴散らすかのように屹立するその威容が、あまりに異様だからだ。

時が流れ、地域が変容しても、変わることなく存在し続けるものがあることは、「味わい深い街」「忘れ難き故郷」をつくる上で、かけがえのない財産といえる。その意味で、二〇一五年（平成二十七）にループ化された札幌の市電（路面電車）は、碁盤の目の整然さに味わいを加え、時を経てこの街ならではの風景をつくり出してくれるに違いない。

Ⅱ　この島の希望

1　地域の誇りを未来へ

「ただいま」「おかえりなさい」が響き合う彫刻空間

人の輪に入るのが苦手で、外ではひとり佇むことの多かった子どもの頃、いつも、母の「おかえり」の言葉にホッとしていた。その〝深さ〟に思い至ることもなく歳月が流れ、歳を重ねて母の歳に近づいた今、あの「おかえり」は、「お前の居場所はここにあるからね」と同じ意味をもっていたのだと、しみじみ思い返すようになった。

美唄市郊外に広がる「アルテピアッツァ美唄」。縁あって、一九九一年（平成三）からこの空間づくりに携わってきた。四十点以上の彫刻が点在するこの芸術広場の合言葉は、「おかえりなさい」なのだ。

イタリアを拠点に、世界各地に大理石彫刻を展開する彫刻家安田侃さんが、日本でアトリエを求めていた時に出逢った、故郷美唄の朽ちかけた廃校。ギャラリーとして生まれ変わった旧市立栄小学校を中心に、七万平方メートルに及ぶ空間が、時代を超越するかのような穏やかな広がりを見せている。

L字形に遺された木造校舎——歳月を刻んだかつての学び舎は、訪れた人の郷愁を呼び覚まし、思わず「ただいま！」と心の中で叫ぶことになる。その「ただいま」に応えて、訪問者の心に木霊のように返ってくるのは、この彫刻空間から響いてくる「おかえりなさい」の言葉。一九九二年のオープン以来、この天と地のはざ間に広がる〝アルテ（アート）〟は、訪れる人の胸にその言葉を届けてきた。

石炭産業の隆盛期、栄小学校には千二百五十名が在籍したという。しかし、エネルギー政策の転換で衰退し、多くの炭鉱マンが心ならずも美唄をあとにした。この地に響き合う「ただいま」「おかえり」のやりとりは、彫刻に加えて、炭鉱マンの血と汗と涙をしみ込ませてきた大地の、内なるエネルギーがそうさせているのではないか——そう思えてならない。

観光振興が、訪れた人数と落とした金額で評価されるとすれば、アルテピアッツァ美唄は観光施設の範疇から外れる存在といえる。何しろ、数に依拠しない場を目ざして、「入場料なし」を続けてきたのだから。観光施設の立地に活路を見出そうとした同じ炭鉱のまちが、それゆえに、さらに疲弊したことは多くの人の知るところだ。

経済がすべてに優先されがちな中で、量の拡大に頼らず、心に響く静かな佇まいを守り続けるアルテピアッツァ美唄の取り組み。それは、彫刻と自然の融合を通してにぎわいを取り戻し、地域としての誇りを未来につなげていく試みであり、時代に翻弄された地域が、時代の変化に揺るがない価値の創造を目ざした挑戦でもある。

即効性に寄りかからない気概なくして、「その先の、道へ」辿り着くことは及ぶべくもない。「ただいま」と「おかえり」を胸に響かせた人たちは、心を和ませ「また来ます」と言いながら帰途につく。その不思議な〝場のエネルギー〟にみちた芸術広場は、二〇一六年、美術館として正式登録され、次なる四半世紀へ向けての一歩を踏み出した。

かけがえのない空間

石炭産業の凋落とともに、人の気配の乏しくなった炭鉱のまち・美唄に芸術広場の火が灯されてから四半世紀。その「安田侃彫刻美術館アルテピアッツァ美唄」を管理運営する認定NPO法人アルテピアッツァびばいも、スタートから十年あまりが経過した。

エネルギー政策に翻弄された歳月をも、場の放つ力に昇華しながら、アルテピアッツァ美唄は、多くの人の心の中に確かな位置を占める存在として歩み続けている。かつてNPO法人設立の席で、彫刻家安田侃さんはこう語りかけた。

「世界一の彫刻美術館にしたい。その基準は何か。面積なのか、彫刻家の数か、入場者の数か？

そうではなく、何を感じてくれたかを評価の基準としたい」。そしてこう付け加えた。「一年にたとえ二人でも感動してくれる人がいたら、それでいい……」。そうした想いをバックボーンに、多くの方々の支援をいただきながら、四半世紀に及ぶアルテピアッツァ美唄づくりを進めてきた。

アルテピアッツァ美唄は、訪れた人々の懐かしい記憶を呼び覚まし、静かに自分と向き合える空間として共感の輪を広げている。そして、心を和ませた人たちは、「また来ます」と言いながら帰途につく。その不思議な力は、何ゆえなのか。

それは、今そこにある彫刻の価値や自然の佇まいを語るだけでは、説明しきれるものではない。地底を掘り進むことの誇りと苦しみ、活況の陰で事故によって地底に果てた人たちの無念、心ならずも故郷を捨てねばならなかった人々の涙――。そうした、この地で営まれてきた一人ひとりの切なる時間の集積も、私たちの今に力を与えてくれていると思えてならない。

アルテピアッツァ美唄の取り組みは、これまでの量的拡大の物差しを超えて、血と汗と涙をしみ込ませてきた大地のエネルギーと、アートの秘める力との融合を通してにぎわいを取り戻し、豊かさの新しい基軸を創造していく挑戦といってよい。

一九七〇年（昭和四十五）以来、イタリアのピエトラサンタを拠点に創作活動を続けてきた彫刻家安田侃。その安田さんが、日本の地で再びめぐり逢うことになった故郷の大地。アルテピアッツァ美唄という壮大なキャンバスとの遭遇は、今を生きる彫刻家にとって、この上なく幸せな出会いだった。

彫刻家の心をとらえたのは、朽ちかけた故郷の学び舎で時代に翻弄された歴史などつゆ知らず、ひたむきに遊び回る幼稚園児たちの歓声。「この子どもたちが、心ひろげられる広場をつくろう」――その想いがアルテピアッツァ創造の確かな灯火となった。

アルテピアッツァ美唄が、旧美唄市立栄小学校の廃校跡に産声を上げてから四半世紀。二十五年にわたる時の集積が、彫刻と大地が織りなす美しい情景を現出している。

数の論理に擦り寄らない空間、入場料を取らない運営、彫刻に触ることも座ることも自由……そのいずれもが、美術館の常識を超えた、世界に類例のないメッセージといえる。その誇りを胸に、このかけがえのない空間を次代にバトンタッチしていくための挑戦を、これからも重ねていきたい。

演劇創造のまち

カリフォルニア州にほど近い米国西海岸に、国内はもとより世界中から、観劇のために年間四十万人以上の人たちが訪れるまちがある。オレゴン州南部のまち・アッシュランド。人口二万の小さな町だが、シェイクスピア演劇を中心とした、米国を代表する演劇創造のまちだ。

まちの中心部にある大・中・小の三つの劇場では、三月から十月末までの八か月間、十一演目を七百八十回以上も公演。毎日演目を変える「レパートリーシステム」を取り入れて、昼と夜の演目も入れ替える。だから三泊四日も滞在すれば、ほぼ全演目を観劇出来ることになる。しかも、昼から夜へ舞台装置を転換する様子も含めた、舞台裏を案内する「バックステージツアー」も、収入源の一つにするというしたたかさだ。

「年間四十万人以上が、観劇目的で数日間滞在」というだけで、この小さなまちの演劇を資源とする経済循環の状況が想像できる。このまちはつまり文化的な仕組みで飯を喰っているのだ。

滞在中、夜の部の観劇前に夕食を摂っていると、店の主人が「今夜は何を観るのか？」と尋ねる。私が答えると、主は「それなら八時開演だから、ゆっくりワインを楽しんでいくといいよ」と笑顔で教えてくれた。店の主の頭の中には、演劇を楽しんでもらうためのタイムテーブルが、すべてインプットされているようだ。まち自慢の演劇を支えるために、市民はそれぞれの場で、各々の役割を担っていると感じる体験だった。

アッシュランドが今日の姿になるまでには、約八十年に及ぶ営々たる積み重ねがあるのだが、このまちには、訪れた人の想像力を刺激する不思議な力がある。さらにステージの魅力だけでなく、低層階に規制された街並みの緩やかな佇まいも心地よい。ここには、至福の時をより充実させてくれる、〝空間の力〟とでもいうべきものが備わっているようだ。

このアッシュランドを体験して思うのは、持続する志を持ち、智恵を駆使すれば、まちの経済を上手に循環させ、小さくともキラリと輝く生き方ができる、ということだった。この、小さなまちの息の長い文化的な取り組みは、個性と発信力に少々欠けると言われる北海道のまちづくりにおいても、多くの示唆を与えてくれる。

最近札幌では、夏と冬の二回、「演劇シーズン」と名づけられたロングランの舞台公演が始まった。アッシュランドの〝継続の力〟にも学んだ種蒔きだが、遠い未来を見つめた札幌のチャレンジが、いずれ花実を稔らせることを願っている。

文化的であることを定義するのは難しいが、「生きるスタイルに意思が込められていること」とでもいえばよいだろうか。文化芸術は、単なる心の癒しのためのものではない。人の持つ創造する力を刺激し、モチベーションを高めることで、新たなステップへ向けた活力を生み出してくれるものでもある。

少子高齢化の時代を迎え、成熟した社会に向かおうとする中で、その場しのぎではない「空間の力」ともいえる文化的な魅力を、この北海道にどう創り出していけるのか。行政機関も含め、北に生きる私たちの感性と行動力が問われている。

訪れた人を〝不機嫌〟にするまち

旭川大学大学院で地域政策の講座を担当していた時、京都精華大学の学生を「富良野演劇工場」へ案内したことがある。高校演劇の経験を持つその女子学生は、劇場見学を楽しみにしていたのだが、当日、劇場で説明を受けながら、なぜか次第に不機嫌な様子を見せ始めた。「楽しみにしていたのに、どうしたの?」と尋ねると、彼女は「こんな素晴らしい機能を持つ劇場が、この山の中にどうしてあるのですか? こんな劇場は京都にもないのに……」と言ったのだ。

京都に限りない誇りを持つに違いない学生は、この小さなまちで、舞台創造の機能にあふれた〝場〟と遭遇し、予測とのあまりの落差に衝撃を受け、驚きを素直にそう表現したのだろう。

女子学生を魅了した富良野演劇工場は、舞台創造の機能に徹して造られた稀有な劇場といえる。規模は三百二席だが、ステージは両袖・奥行きともに広く、客席の三倍はありそうな広さ。その空間が、倉本聰さんの作品「走る」では、二十三メートルあるステージの奥から客席に向かって男たちが走り込んでくるシーンを実現させた。日本の高度成長を支え、走り続けてきた姿を象徴する大切な場面だが、こうしたさまざまな演劇的表現が可能な専用劇場なのである。

備える機能を劇場名にしたユニークさもさることながら、誕生から約二十年が経ち、舞台を見つめる観客としての市民も、このまちには育ちつつある。不便な立地であるがゆえに、市民ボランティアのサポート活動も熱い。地元に住む演劇人が、地域に出かけて表現教育に取り組むアウトリーチ活動も活発で、道立富良野高校に道内初となる表現教育の単位が設けられたほどだ。

まちの発展は一筋縄ではいかない。しかし、富良野演劇工場の存在は、訪れた人を「不機嫌にする」までに徹底した取り組みが、まちの魅力を高める要諦の一つであることを示唆する。逆説的だが、この北海道を眺めてみて、そうした〝不機嫌度〟という物差しに適う、まちや地域、あるいは仕組みが、どれほど芽吹いているだろうか。

人口や経済の規模ではなく、存在のありようで人の心を魅了するまちにこそ、人は旅の荷を下ろす。そして、旅する〝風の人〟と地域に根づく〝土の人〟の交わりが、新たな魅力と誇りを育むことになる。

即効性を求め、流行を追う——観光振興やまちづくりにありがちなことだが、そこを超える見識と度量こそ、まちの未来を左右することになる。

語り伝えたい、大雪が秘める魅力

作家の三浦綾子さんは、懸賞小説に入選して一躍時の人となったが、その後も故郷を離れず、生涯を旭川で過ごした。その三浦さんに「大雪山に想う」というエッセイがある。その文章を読むと、三浦さんが旭川を離れなかったのは、大雪山の持つ磁力がそうさせたのではないかと思えてならない。

今はもう見られなくなったが、かつて牛乳を戸別配達する時代があった。三浦さんは、小学校四年生から女学校卒業まで、朝夕欠かさず牛乳配達をしていたという。

「牛朱別川《うしゅべつがわ》の堤防を牛乳瓶を下げて歩く時、幾度、東の方に大雪山を見て、はっと息をのんだことだろう」

近所の子どもたちと遊びながら、いつも見とれていた大雪山。後年、夕もやの中に浮かぶ大雪を見つめながら、「六十年旭川に住んでいて、大雪山を見て声を上げなかったことがあるだろうか」と述懐している。常にその傍らにあった大雪山は、三浦さんの日常にとけ込んだ、かけがえのない存在だった。

ちなみに大雪山という名の山はなく、連なる山々の総称なのだが、アイヌ語で「カムイミンタラ（神々の遊ぶ庭）」と呼ばれると知ったとき私は、そこに秘められたものの深さに圧倒される想いがしたものだ。

数年前、大雪連山の最高峰旭岳（二二九一メートル）のふもとに広がるまち・東川町が編纂した、『大雪山　神々の遊ぶ庭を読む』（二〇一五、新評論）が出版された。江戸後期から語られてきた大雪の魅力を多角的に捉えた力作で、旭岳を主峰とする大雪山には、多くの人たちの人生と重なり合う、数々の心打つ物語が秘められていることを伝えている。

駆け足の観光では捉えきれない歴史や文化を秘めた山岳地、大雪山。その奥深い魅力を、多くの人にどうわかりやすく、やさしく伝えていくのか――。大雪山を深く知る人たちの語り部としての役割が、まさにたいせつとなる。

観光振興の関心は、量の確保に主眼が置かれがちだが、その土地が持つ魅力の真髄に心深く触れてもらわなければ、観光振興は上滑りするばかりだろう。客数の多寡ではなく、場所の持つ歴史や文化に共感する人たちの輪こそが大切で、その広がりが住む人の誇りや喜びをも育んでくれるはずだ。

私の好きな歌に、「大雪よ」（詞曲・阿部佳織）という曲がある。歌詞に共感し、これまで愛唱してきた。「追いかけた夢がこわれてしまったら」、そして「ちっぽけな自分にため息こぼれたら、君（大雪）に会いに行こう」、「どんなに遠く離れても、君は心の友」。

人生、順風満帆の時に訪れる観光地は世にごまんとあるが、切なく心揺れる時に寄り添ってくれる場所は、三浦さんにとっての心の原風景のように、かけがえのないものとなる。大雪という山々の、その懐の深さは、今も人の心をひきつけてやまない。

野外劇という歴史絵巻

観光地としての函館しか知らなかった私が、短い期間ながら〝函館の人〟となったことがある。住人となって初めて感じる函館ならではの生活感。札幌を「奥地」と、ごく自然に呼ぶ感覚は、北海道の歴史を振り返ってみると、至極当然のものなのかもしれない。

札幌を北海道の中央（道央）とし、函館地域を道南と呼ぶことに慣れた感覚からは、想像もつかない独自の視点。歴史がそこかしこにさり気なく活きている街の空気感は、札幌では感じるとのないものだった。

　地域に積み重なった歴史の深さを改めて実感させられたのは、創設間もない市民創作「函館野外劇」の取り組みに出会ったことだった。道都であることを誇る札幌だが、札幌では決して組み立てることのできない、滔々たる函館の歴史絵巻といってよい。さまざまな歴史の場面を目撃してきた五稜郭の石垣をバックに、堀割に組み上げられた水舞台。それは「市民創作」と名づけた舞台にふさわしく、多くの市民が歴史の一コマ一コマを演じる主役となって動き、走り、踊る……。何よりの驚きは、舞台に登場する人たちとほぼ同じ数の市民が、衣装整理などのボランティアとして舞台裏を支えていることだった。

　どんな挑戦もそうであるように、新たな取り組みを仕立てる時の産みの苦しみは、この野外劇とて例外ではない。地元自治体などの協力が必ずしも十分に得られなかった当初、私の所属する組織で全面協力することにしよう――そう決めて職員に参加を呼びかけた。

　私たちに与えられた役柄は、榎本軍の兵士役。演技講習もそこそこに、職員たちは慣れない舞台におずおずと上がることに。私自身の参加も、二年の間に開催された計二十回の公演の内、十四回にも及んだ。

　最初の年は、舞台の花形・土方歳三の亡骸を収容しにいく人夫役。その時の土方役は、某ビールメーカーの函館支店長だったと記憶する。今でいうイケメン然とした長身の大柄な人だった。最期を遂げて横たわる支店長に「重たいねぇ」と声をかけると、「すみません！」と応えてくれたことを楽しく思い出す。二年目は、一気に榎本武揚に出世させていただいたが、貫禄の乏しさは、榎本さんに申し訳ないことをしたかもしれない。

何よりの思い出は、小学一年になったばかりの娘を参加させるため、週末ごとに自転車の荷台に乗せて五稜郭の舞台に走ったこと。その体験が心と身体を育てたのか、娘は中学生になって以来、演劇部活動に熱中。一時は、舞台照明家になることを夢見る少女となった。父と娘の、胸に深く残る共通の思い出をつくってくれた函館野外劇に、感謝するばかりだ。

最初の頃のナレーションが、かつて日本の喜劇を支えた益田喜頓さんだったことも忘れがたい。そして、野外劇の創設をリードした、今は亡きフィリップ・グロード神父との出会いも記憶に残る。「函館の太陽さん」と呼ばれ、函館をこよなく愛したグロード神父。函館の歴史を今に活かし、未来へ繋いでいくバトンとして、野外劇を函館の地に定着させることに力を尽くした。函館の秘める魅力が、フランス人グロードさんの情熱を沸き立たせたのだろう。

函館だからこその壮大な野外劇。五稜郭の石垣が崩落して以来、紆余曲折を重ね、苦戦を強いられていると聞く。しかし、函館が歴史遺産にのみ依存するのではなく、今を生きる人たちが主役となって新たな歴史を創り上げていく上で、函館野外劇はまたとない素材といえる。

日本に稀なるスケールを持つ野外劇は、ひとり函館のみならず、北海道の魅力と誇りを高める大切な共有財産だ。そのことを、広く道民の皆さんに知ってもらいたいと、切に願っている。

今さら訊けない「パシフィック」

札幌で「パシフィック・ミュージック・フェスティバル札幌（PMF）」と名づけられた国際教育音楽祭がスタートしたのは一九九〇年（平成二）。以来、間もなく三十回の節目を迎える。

クラシック音楽の未来を担う若者が世界から集い、これまでに相当の時間と資金が投入されながら、その稀有な価値を広く市民が共有している状況にないのは、少々残念なことだ。足元にある価値に気づかないことは往々にしてあるが、三十年近くに及ぶ歴史を積み重ねながら、その役割や意味に対する一般市民の理解が進まないのはなぜなのか。もしかすると、それはあっけないほど単純な話で、第一義的にはそのネーミングにあるのではないだろうか。

著名なる指揮者、故レナード・バーンスタインが、最晩年に北京での開催を企画しながら、天安門事件の勃発で、一転して札幌開催となったPMF。急きょの展開、そして何より創案者やその経緯の壮大さゆえに、パシフィック・ミュージック・フェスティバルという名称の意味するものを丹念に論議することもなく、受け入れることを急いだ経緯に、今日の状況をもたらした大きな要因があるように思えてならない。

当時の実情にも、クラシック音楽界の内情にも疎い者のたわ言かもしれないが、一度立ち止まり、再構築を試みる勇気が必要な気がする。

爽やかな札幌の初夏――ピクニックコンサートを始め、街並みに響く調べを楽しむ市民は確かに少なくはない。それはしかし、音楽を楽しむ心を持つ市民にとって、必ずしもＰＭＦの意義を理解してのことではないだろう。ＰＭＦという文字を目にし、耳にする市民が、間違いなく多くなっていることは事実だ。しかし、ＰＭＦが秘めている〝未来に向けた希望〟を理解し、共感の思いを温めている市民は……と考えると、三十年にわたる歳月の重みと、育まれてきたはずの市民の内なる誇りとの間には、大きな溝があるように思われる。

私が少々かかわった、北海道の二つの小さなまちのチャレンジを紹介しよう。

旭川から北へ約五十キロメートルの位置にある剣淵町は、人口約三千人の過疎のまち。三十年ほど前から「絵本の里」づくりに取り組み、一九九一年に創設した「けんぶち絵本の里大賞」は、今や絵本作家を目ざす人たちの憧れの賞となっている。当初、審査員を依頼した著名な絵本作家に就任を断られて気落ちした町民だったが、むしろそのことをエネルギーにして、来訪者や町民自らの投票で、その年の〝最高傑作！〟を決めることにした。

活動の中核を担うのは、子どもの心を育む絵本に農業との共通項を見出した地域農業の担い手たち。絵本の持つ力に心を響かせた農業者たちが生産する農作物には、今や信頼という価値が付加され、市場での評価も高い。そうした農業者を始め、これまで絵本の里づくりに関わってきた町民たちは今、この小さなまち・剣淵に暮らす誇りをますます高めている。

目を転じて、北海道中央部に位置する富良野市。郊外の小高い山の上に立つ演劇専用劇場は、二〇〇〇年に開設されて以来、「演劇のまち」創造の中心的役割を果たしてきた。何よりユニークなのは、建物の持つ機能に着目し、正式名称を「富良野演劇工場」としたこと。客席の三倍はある広いステージは、多様な演劇表現の可能性を高め、演劇に携わる人たちの心を捉えた。まさに〝ファクトリー〟と呼ぶに相応しい空間は、今や市民の自慢の種となっている。市内の子どもたちを対象にした表現教育の充実にも、演劇人の果たす役割が大きいと聞く。

この二つのまちの活動に共通しているのは、携えているメッセージが鮮明かつわかりやすいこと。地域の願いや希望が、時間を積み重ねながら、住民の誇りとして熟成されつつあるといってよい。

翻ってPMFという名称が伝えようとしているものは、果たして明確になっているといえるだろうか。PMFを知らない人にそれが持つメッセージを伝えるには、まず〝パシフィック〟の意味するものを説明する作業から取り掛からねばならない。その難しさは、PMFに深く関わっていればいるほど増すようで、その意味は三十年という歳月によって忘却の彼方に押しやられてしまったのかもしれない。さらにいえば、直接関わる人たちでさえ、パシフィックの真意を十分に理解しているのかどうか。もしかすると、「今さら訊けない〇〇」の類いになってはいないだろうか……。

少し調べてみると、〝環太平洋〟という地域性より、〝平和〟という趣旨に力点を置いた意見もあるようだが、そのことを理解している市民は果たしてどれほどいるだろうか。また、「国際教育音楽祭」という言葉も説明的に使われているが、運営主体の正式名称は「ＰＭＦ組織委員会」となっている。メッセージを発信する上で、果たしてこれで良いのかどうか。

もしかすると、ＰＭＦが単なる記号と化してはいないか。ＩＯＣやＩＭＦは、同じ三文字ながら「国際オリンピック委員会」や「国際通貨基金」の略称だからこそ、イメージがすぐに浮かび上がる。それに比べてＰＭＦは、パシフィックの意味が曖昧なままの略称だから、理解の熟成を難しくさせていると思えてならない。

時間を味方につけて、その文化的スタイルを未来に繋いでいこうとするのであれば、例えば、教育音楽祭に込めた理念の旗を志高く掲げるなど、メッセージやストーリーをわかりやすく身にまとい、発信していくという積み重ねが、何より大切なのではないか。

かけがえのない体験を札幌で積んだ研修生が、「これまで」も「これから」も世界に輩出され続けていくことは間違いない。しかしこのままでは、ＰＭＦの携える次代を育てるための崇高なメッセージは、時間を重ねても発酵されることなく、市民の内なる誇りとして蓄積していかないのではないかと危惧する。

ＰＭＦという記号も、一世紀という時を重ねれば歴史にはなるだろう。だが、まずは五十年継続していくための智恵をみんなで出し合い、この崇高なる意味を持つ〝国際教育音楽祭〟が、市民の誇りある財産として熟成していってほしい。

一市民としての切なる願いだ。

2　旅人のまなざし

旅の楽しみとは

人に支えられ、人に励まされながら歩んできた歳月を振り返ると、「人生は出逢い」であることを改めて実感する。同様に「言葉」との遭遇も、時として人生を左右することがあるものだ。

ＪＲに民営化される前、まだ国電と呼ばれていた山手線車内の中吊り広告。そこに綴られていたエッセイスト玉村豊男さんの言葉との出逢いは、東京を離れ、北海道に戻っていた私にとって、その後の暮らしに大きな影響を与えるものだった。

「今日は、真っすぐ帰る日」と題したシリーズ広告の中の一編は、こう始まる。

「旅とは、家を出てどこかへ行き、さまざまなことを体験し、再び家に戻ること。How nice to be back home again. アメリカ人などが、旅から帰った時、そんな言葉を口にするのを聞いて、なるほど旅の楽しみとは〝家に帰ること〟かと納得した……」

若い魂は、誰もが何かを求めて旅に出る。求めているものがわからないままの彷徨《さまよ》いといっても良いだろう。大都会・東京に身をおいた日々を思い起こすと、私の心の内に芽生えたのは、故郷北海道への想いだった。

この北の島は、津軽海峡の存在を長らくハンディキャップと受けとめてきた。しかし、遠く隔てられた島であることを、むしろ自主自律のための地勢的な優位と捉え、マイナスをアドバンテージに変えていくことが北海道の明日を拓く、という想いを深くしたのだ。

依存意識さえ克服できれば、この、しがらみのない多様な生き方を認め合う北の風土は、金銭で購《あがな》うことの出来ない資源となるだろう。そして、サミュエル・ウルマンのいう〝青春〟の気概さえ持てば、北海道は一人ひとりの身の丈に合った、確かな暮らしを積み上げられる希望の大地となるのではないか。

中吊り広告の言葉はこう続く。

「旅も面白かったけれど、やはり家でくつろぐのが一番だ。若い時の彷徨いの成果を、そろそろ日常に活かす時がきた。旅が終わるところから暮らしが始まる。本当は、日々の暮らしほど面白いものはないのだ」

玉村さんの言葉は、故郷に回帰したことの意味を、改めて心に深く納得させてくれるものだった。その想いを胸に後日、私は〝足もとにある価値の再発見〟をテーマにした小冊子「北海道暮らし」（北海道生活文化課発行）を創刊し、その巻頭にこう記した。

「さがしものは、北海道にありそうです」

一周遅れのランナーも、時代の基軸が変われば、次代の先頭に立つことができる。グローバル化がさらに進む今、人々は、自らの確かなアイデンティティを求めて、心和む地域――故郷に回帰していくに違いない。

見事な人生

生涯、旅を続けた永六輔さんは、「旅暮らしの中で、一番好きな旅は？」と問われ、「わが家への帰り道」と答えたという。その永さんが七夕の日、一番好きだった〝帰り道〟を妻昌子さんのもとへと旅立っていかれた。

北海道にも度々足を運ばれた方で、私は富良野のペンションで同宿したことがある。「今夜の宿泊は、お二人だけ」と宿の主人が教えてくれた。朝、食堂へ行くと、永さんはすでに食事を終え、珈琲を飲みながらペンを走らせていた。その姿に近づき難いものを感じて、一人で食事をとり、珈琲でもと思っていた時、「一緒にどうですか」と声をかけられた。

北海道の話をあれこれしながら、私の仕事向きを知った永さんは、「小樽に〝職人の会〟というのがあり、何かと苦労している。一度話を聞いてやってもらえないか」と言われた。その二日後、小樽に出向き、染め職人をしている代表の方にお会いした。お役に立てたわけではないが、後日、永さんは「すぐに行ってくれるとは思わなかった。変わった行政マンだね、あなたは……」と言って、優しい笑顔を向けてくれた。

職人の会は、小樽に息づく職人技を育むための集団で、永さんはその応援団長を引き受けていた。浅草に生まれ、職人の技と心意気を愛した永さん。市井の人々の営みに心を寄せてきたその真骨頂に触れた思いがしたものだ。

筆まめで、縁のある人たちへの便りを日々書いていたという。驚かされるのは、旅先から毎日欠かさず自宅へハガキを投函していたことだ。妻昌子さん宛のものだと聞いた。あの朝、宿で書き記していたのも、その定期便だったのだろうか。

小樽と同じように富良野もまた、永さんが、まちづくりに取り組む人たちと縁を結んだまちだ。富良野演劇工場で初めて聴いた講演は、永さんならではのものだった。開演前から自らステージに立ち、入場する人たちを空席に案内しつつ、いつの間にか講演がスタート。休憩時間も、観客に「お手洗いへどうぞ」と言いながら、話を途切れさせないのだ。出逢った一人ひとりを思いやる、まさに〝六輔の流儀〟だった。

その講演で永さんは、超高齢社会の実相をやわらかな口調でこう語った。

「女房に先立たれた男は、ひとり暮らしになると、平均二、三年で……。でも、ダンナに先立たれた女性は、そのあと二十二年も生き伸びる！」

この時、愛妻を喪い十四年を経ていた永さんだが、哀しみを胸になお逞しく、力ある言葉で世を叱咤し、人の心の奥深くにやさしさと温もりを届け続けた。見事な人生というほかない。永さん、ありがとうございました。

二百八十円の贅沢

函館に二年ほど勤務したことがある。旅先として好感度の高い函館だが、暮らしの場としての函館には、観光地の顔とはひと味違う表情がある。

観光旅行ではわからないことだったが、函館の人の多くは、札幌が北海道の中央だとは決して思っていないようだ。北海道地図だけ見ると、地形的には札幌というより旭川あたりが中心に思える。しかし、常識にとらわれず、もう少し高い目線から東北地域も含めて俯瞰し、歴史的な背景を思い起こすと、札幌や旭川が中心とはとても思えなくなる。

それだけに、函館では札幌のことを〝奥地〟と呼んで憚らない。「どちらから？」と訊かれて、「札幌から」と答えると、生粋の函館人ならきっと「〝奥〟からねぇ……」と言うに違いない。

函館暮らしで驚いたことの一つは、職場の親睦旅行の行き先が、一泊旅行であればやすやすと県境を越え、青森はもとより遠く岩手や秋田にまで及ぶことだった。札幌なら、定山渓か支笏湖、登別、せいぜい洞爺湖あたりといったところだろうか。朝、函館を発ち、昼には盛岡でわんこそばを食べるような旅の体験は、札幌暮らしの長い身にとって信じられないことだった。

年に一度の七夕も、北海道ならばどこも八月七日だと思い込んでいたが、函館は本州と同じ七月七日。子どもたちが街をめぐり歩く時の歌も、函館は趣《おもむき》が違う。私たちは「ロウソク出せ出せよ。出さないと、かっちゃくぞ」と唄っていたが、函館では「竹に短冊、七夕まつり。大いに祝おう、ロウソク一本ちょうだいな」と優しい音調で唄う。函館の七夕を初めて体験した時、「北海道の南には、別の国がある！」と感じたものだ。

ある時、函館勤務の私に「駐道大使（当時）の都甲《とごう》さんが、五日ほど函館方面を視察されるので、ご案内を」との依頼があった。駐道大使とは、かつて外務省が待命大使（次の海外赴任地が決まるまで国内で待機する特命全権大使のこと）を「北海道駐在特命全権大使」に任命していた時の役職である。「北海道は外国なのか？」と一部から批判もあったが、領土問題を抱える北海道へのアドバイザーという位置付けだった。

五日間と聞いて少々気後れしたが、函館は案内先にこと欠かないはず、と引き受けた。夫人同伴の都甲さんを、函館ならではの場所へ何か所かご案内したものの、三日三晩を過ぎるとさすがに手詰まりになってきた。

「明日はどうしよう……」、そう思案していた私に、都甲大使はこうおっしゃった。

「磯田さん、函館に住んでみて、あなたの一番の楽しみは？」

私は咄嗟に、正直な想いをお伝えした。

「函館の銭湯は温泉なので、早起きして、ひと風呂浴びてから出勤するのが、私の〝二百八十円の贅沢〟です」

当時、銭湯料金は二百八十円だった。都甲さんは早速、「僕も行ってみたい！」と言う。だが、特命全権大使を下町の銭湯に案内して良いものか――。夫人にどうしたものか尋ねると、「あれは、本当に行きたがっている顔ね！」。翌朝、マイカーに風呂道具一式を用意し、一緒に銭湯へ。ひと汗流したあと、朝市の食堂へご案内し、イカ刺し定食を食べていただいた。

五日間の日程を終え、無事帰京された都甲大使から届いた礼状には、「函館の五日間で最も心に残ったのは、あなたの〝二百八十円の贅沢〟」とあった。都甲大使の胸に刻まれたのは、豪華なホテルでの料理や名所旧跡ではなく、二百八十円の銭湯と八百円のイカ刺し定食、シメて千八十円の〝贅沢〟であった。

多くの自治体が、観光を地域発展のキーワードにしているが、多様な表情を持つ街・函館で体験した駐道大使との五日間は、おもてなしの意味をしみじみと考えさせられる機会となった。

旅人のまなざし

最近、お隣の韓国とは少し残念な状況が続いているが、歴史的にも文化的にも深い関係にある両国は、どんな隘路《あいろ》があるにしても、互いの智恵で、良き隣人としての関係を築いていかなければならない。

その韓国を代表して札幌に駐在されていた元駐札幌大韓民国総領事の鄭煥星《チョンファンソン》さんは、在任中に写真集『北海道』を上梓された。北海道に赴任された鄭総領事は、そのお人柄もあって多くの道民との交流を深めるとともに、道内各地にも足を運ばれ、北海道のさまざまな風景や暮らしを見つめられた。

カメラが趣味の総領事は、かつて道庁〝赤れんが〟の一室で写真展「総領事の視線」を開催されたことがあり、私も少しばかりお手伝いした。その時に展示された写真を眺めながら、私はなぜか、かつて森進一が唄ってヒットした「襟裳岬」の一節を思い起こしていた。

「北の街ではもう　悲しみを暖炉で／燃やしはじめてるらしい（中略）黙りとおした歳月《としつき》を／ひろい集めて　暖めあおう／襟裳の春は　何もない春です（中略）寒い友だちが　訪ねてきたよ／遠慮はいらないから　暖まってゆきなよ」

演歌にはほとんど縁のない私も、この曲を聴くと、岬を吹き渡る風を思い起こし、懸命に生きる人たちのひたむきな暮らしぶりが、胸に迫ったものだ。この曲がヒットした時、襟裳の人たちは〝何もない春〟という詞に怒り、作詞家に抗議の声を上げて話題となった。

しかし、見方を少し変えると、「何もない」と思わせる土地だからこそ、「悲しみ」さえも拾い集めて燃やす暖炉の温もりが、寒さに凍える友の心を暖めてくれるのだ。大都会にあふれる上から目線の励ましではなく、寡黙にそっと寄り添ってくれる、ローカルならではのやさしさといえば良いだろうか。

誰しも、身近にある価値にはなかなか気づかず、何もないといいがちだ。とりわけ、この積雪寒冷の地には「何もない」と思い込んでいる北海道人も、今なお、少なからずいるに違いない。そうした中で、総領事のファインダーは、著名な観光地ばかりでなく、日常から遠く離れたところにも向けられ、「何もない」と思われがちな北の大地が秘める、厳しくも美しい一瞬の表情を捉えている。時として〝旅の人〟が、私たちが当たり前と思っていることや見逃しがちな価値を、発見し教えてくれる。

北海道の持つ豊かな一面を、改めて私たちに示してくれた鄭総領事。その温かな眼差しに感謝しながら、アジアの一員としてともに同時代を生きる私たち市民は、互いの友情を育み、相互理解をより確かなものにしていかなければ、と想いを新たにしている。

韓国・光州の挑戦――一

日本政府が二〇〇〇年代初めから打ち出す「東アジア共同体構想」だが、その枢要な国である隣国の韓国では、新しい時代をけん引する国家の戦略的な動力に、文化の持つソフトパワー(軍事や警察力ではない、経済力や世論、文化や思想などが持つ影響力)を位置づける取り組みが進められている。

その軸となるのが、南西部の光州広域市《クァンジュこういきし》を「アジア文化中心都市」とする構想で、事業は基盤構築の段階を経て、すでに本格化している。この事業は、国の特別法に基づく二十年がかりの国家プロジェクトなのだが、その事実は、北海道はもとより日本でもほとんど知られていない。

しかし、今や世界的映画祭を持つ都市・釜山《プサン》広域市が、「映像文化中心都市」に指定されている国の政策と同一線上にあることを知れば、韓国がアジアの〝文化強国〟を目ざす長期戦略の姿が、おぼろげに見えてくる。韓流《ハン》と呼ばれる韓国映画や音楽のブームも、文化的創意性が二十一世紀の国家発展の動力であり核心となることを見据えた、韓国のリーダーたちによる決然たる意思の所産なのだ。

日本の行政機関では軽視されがちな文化を地域発展の基軸に据えた、光州の地域としての生き方、方向性にいち早く着目した北海道文化財団は、二〇〇七年（平成十九）に光州演劇協会、二〇〇八年三月には光州文化芸術振興委員会（現光州文化財団）と、それぞれ交流協定を結んでいる。

交流三年目に開催された「二〇〇九　光州平和演劇祭」には、釧路の「劇団北芸《ほくげい》」（以下北芸）を派遣し、私も同行した。この演劇祭で北芸は、別役実脚本の「この道はいつか来た道」を上演したのだが、特筆すべきは光州の劇団も同じ作品を演じてくれたことだ。同じ脚本で、演出や表現方法の違いを目の当たりにできたことは、双方の演劇人にとっても刺激的だったに違いない。

　この演劇祭で北芸は、最高賞の「光州平和演劇賞」を受賞した。思いがけない受賞だったが、何よりうれしかったのは、市民から公募で選ばれた審査員二十人が、北芸の芝居を推してくれたことだった。これまで、さまざまな歴史を積み重ねてきた両国だが、アートを通じて多様な価値観を理解し尊重し合う、新たな絆の萌芽を改めて実感した。それは、今やアジアを代表する美術展として知られる「光州ビエンナーレ」を、これまで十二回にわたって積み重ねてきた、光州市民の誇りと感性のなせるものであったかもしれない。

　いわゆる光州《こうしゅう》事件の舞台となった光州は、民主化運動などを通じて韓国の歴史的方向性をけん引してきた、〝民主・人権・平和〟をアイデンティティとする歴史都市である。その光州が進めるアジア文化中心都市構想の中核となるのが、「アジア文化の殿堂」と名づけられた巨大施設だ。

　建設地は、一九八〇年（昭和五十五）の「5・18民主化運動（光州事件）」の活動拠点となった全羅《チョルラ》南道《ナムド》旧庁舎跡である。事件から三十五年の時を経てその歴史的な跡地を、文化の創造的エネルギーをアジアのみならず世界へ発信する拠点として、蘇らせたのである。韓国政府のアジア文化中心都市推進団のトップは、「「アジア文化の殿堂」は、世界の文化トレンドを先導する〝文化発電所〟の役割を担う」と語る。

　日本では以前、羽田空港のハブ空港化が諸外国に立ち遅れて話題となったが、いち早く韓国では、仁川《インチョン》空港がアジアでのハブの地位を獲得している。そして文化の分野でも、韓国はアジアのハブを目ざしているのだ。

光州は未だ知られざる都市である。しかし今、仁川空港を当然のように利用して世界へ飛び立つ人たちが、その開港前に仁川のことをどれほど知っていただろうか。志《こころざし》を深く秘めた先駆的取り組みは、ある日突然、その扉を大きく開いて人々を驚かすのである。

次代を拓く成長エンジンを〝文化〟と見据えた光州の取り組みは、今後どんな展開を見せるのか。光州演劇協会や光州文化財団の関係者は、「近い将来、世界平和演劇祭を創設したい」と意気込みを語る。光州広域市も、「アジア文化都市サミット」の開催を目ざすという。

近い将来、光州が世界から注目される文化都市として成長していたなら、「福岡でも名古屋でも仙台でもない、北の涯《はて》の北海道が、なぜ二十年も前から光州と手を携えていたのか?」、そう驚かれるはずだ。そんな時が来たなら、うれしいことである。

韓国・光州の挑戦――二

日本、ましてや北海道ではほとんど知られていないが、二〇一五年（平成二十七）十一月、韓国・光州《クァンジュ》広域市《こういきし》（当時の人口は百四十七万人）で建設が進められてきたアジア最大級の文化複合施設「アジア文化センター（国立アジア文化の殿堂）」が完成し、正式に開館した。

韓国の中央集権型政治構造の影響もあり、数度にわたって完成が先延ばしされてきたが、紆余曲折を経て、アジアにおける〝文化の殿堂〟と呼ばれるに相応しい壮大な施設がついに立ち上がった。建設開始以来、日本円にして約七百五十億円を投じた施設の敷地内には、文化情報院、文化創造院、アジア芸術劇場など主要五施設が並び、その総面積は延約十六万平方メートルにも及ぶ。

光州が目ざす文化を基軸とした都市の発展戦略に注目し、私が初めて現地を訪ねたのは二〇〇六年のこと。以来、光州文化芸術振興委員会（現光州文化財団）などとの人的交流を進めてきたが、今回、光州文化財団などからの招待を受け、完成したアジア文化の殿堂の開館式典に立ち会うことになった。

式典には、各国からの招待客や多くの市民が参加し、民族衣装を身につけたアジア諸国の演奏家たちによる民族楽器の大合奏で幕を開けた。モザイク模様を見るようなその鮮やかな光景は、この巨大な施設群の建設に込めた、韓国のアジアにおける壮大な文化戦略を象徴しているかのようだった。

二十一世紀の国家発展の基軸を〝文化の創意性〟に置いた韓国は、二〇〇二年、特別法を制定し、光州広域市を「アジア文化中心都市」に指定した。光州が歩む道のりの向こうに描くのは、アジアの文化のハブとして世界の文化トレンドをも先導する〝文化発電所〟としての役割だ。

壮大な施設群の完成は、あくまでもその一歩を踏み出した段階に過ぎず、文化のハブ化の実現には、さらなる時間と人的資源や多くのノウハウの蓄積が必要であることはいうまでもない。だとしても、文化の持つ創造的エネルギーを、新しい時代の動力として戦略的に位置付けるその鮮烈な思考には、次代を拓く先駆性がある。

開幕式典で挨拶に立った光州市長は、韓国の民主化を主導し、その聖地となった光州が、アジア文化中心都市として再生しようとしている喜びを語った。また、韓国行政部のトップである黄教安《ファンギョアン》国務総理が、金泳三元大統領の国家葬を翌日に控えた多忙な日程を割いて出席し、「文化のかけ橋として世界を結ぶ」と述べたのも、韓国における期待の大きさを示していた。

私たちが、十年をかけて光州に寄り添い続けてきたのは、従来のような姉妹都市提携を目ざしたのでもなければ、経済的に成長の著しい都市の近くに身を置きたいと目論んだわけでもない。次代を拓く成長エンジンを文化と見据えた、その地域としての生き方、方向性に驚きと崇敬の念をいだいたからである。

二十年以上前、「文化で飯が喰えるか!」という声高な批判や、四面楚歌ともいうべき過酷な状況を乗り越え、三年に近い軋轢の歳月を耐え抜いて「北海道文化振興条例」の成立までこぎ着けた体験を持つ身にとって、光州が高く掲げた松明《たいまつ》の灯は、雲の合間から射し込む希望の光を思わせるほど眩いものだった。

私たち日本人も、韓国の人々も、同じ東アジアの一員であることは紛れもない。韓国・光州が、これからの取り組みを通じて世界から注目され、崇敬される、創造的な文化中心都市として成長することをアジアの一員として心から願い、これからも敬愛の念を抱きながら、信頼と共感の交流を積み重ねていきたいと考えている。

3　自らの道を探して

赤れんがが伝える未来への智恵

一八六九年（明治二）に蝦夷地が北海道と改められたのち、道庁旧本庁舎が現在地に建てられたのは一八八八年のことだ。建築学的に優れた意匠を持つこの歴史的建造物は、以来、〝赤れんが〟の愛称で親しまれてきた。学生時代を東京で過ごした私が、北へ帰る想いを募らせたのは、この赤れんがの佇まいに心ひかれたせいもあったかもしれない。

赤れんがの後ろに建つ現在の道庁本庁舎は、一九六八年（昭和四十三）に完成したもので、赤れんがの旧庁舎に対して新庁舎と呼ばれている。新庁舎に長く身を置きながら、仕事に疲れた時など、窓の向こうの赤れんがをよく眺めたものだ。どの季節も、その表情は毅然として美しく、心安らぐのだった。完成から百三十年――この懐深い建物は、時を重ねるごとに価値を深

め、人々の心を和ませている。

よく心に浮かんだのは、この旧と新はどちらが先に役割を終えるのか、ということだった。答えはいうまでもないが、新庁舎は完成して五十年、同じ本庁舎としての役割を担いながら、風格の違いは明らかだ。経済成長を経て、ありあまる豊かさを得ながら、戦後からの七十年、私たちは赤れんがと並ぶ建築物を手にしてきただろうか。そう考えると、「残念ながら」と言うほかない。

先年、長らく北海道開発のシンボルだった金融機関の建物が壊された。その跡地に出現したビルも、その向かいに新築された石造り風を売りにする建物も、新築時の価値がピークといった類いのもので、その前途に赤れんがのような未来が待っているとは到底思えない。北海道自らが、時代や世代を超える風格を創造していく役割とチャンスを放棄しているようで、惜しい限りだ。

井上ひさしの『ボローニャ紀行』（文藝春秋、二〇〇八）は、戦後、イタリアのボローニャが進めた都市再生の取り組みを伝えて刺激的だ。歴史的建造物は壊さず、外観も変えず、内部は現在の必要のために活かすという原則で、巨大倉庫はホームレスの更生施設に、貴族の館は劇場に、女子修道院は欧州一の図書館になった。都市再生のモデルとなったボローニャ精神は、持続可能な社会を築いていくための志《こころざし》深い智恵といえるだろう。

それは建設以来、高い技術と見識で生まれた〝赤れんが〟が宿してきたものでもある。歴史が浅いと自嘲しながら、熟成への道を自ら閉ざしている北海道——。地域社会の明日に責任を持つリーダーが自覚すべきは、「過去を今に活かし、未来へつなぐ」強い信念と行動力ではないか。その大切さを、赤れんがは変わらぬ姿で静かに語りかけている。

周回遅れのトップランナー

演出家倉本聰さんは以前、戦後社会の在りようを問う舞台「走る」を携えて全国ツアーをされた。その当時、倉本さんからお聞きした話がある。

都会の若者に「君にとっての生活必需品は」と尋ねると、一番はお金、次いでケータイ、テレビ、車の順だった。同じ問いを富良野塾の塾生にすると、まずは水、そして火、ナイフ、食べ物と続き、十四番目に人という答えがあった。それは異性の意味かと聞くとそうではなく、自分一人では生きられないから、〝人〟は間違いなく必需品と答えたという。

倉本さんは言う。「都会では、暮らしを支える根源が豊かさに埋没するが、原点に近い暮らしをしていると、根源を見据える癖がつく」。

そういえば、ドラマ「北の国から」の最終話で、主人公黒板五郎は、子どもたちにこう語る。「ここには何もないが、自然だけはある。自然はお前らを死なない程度には喰わせてくれる。自然から頂戴しろ、そして謙虚につつましく生きろ」。

ものにあふれ、飽食に慣れた暮らしを変えることは難しいが、大量消費社会を謳歌したまま、地球環境を持続できるはずもない。拡大均衡社会の行き詰まりを自らに問い、修理・再生を新たな事業に組み込んだ家具職人、故長原實《みのる》さん（カンディハウス創業者）は、「木の成長を追い越してはいけない」という言葉を遺している。百年生きた木の命をいただくのなら、百年の歳月に耐え得る家具を作らなければ、というものづくり職人の矜持は、持続可能な社会を目ざす上で、あらゆる分野に通じるメッセージといえる。

倉本さんに「72」というエッセイがある。ひと回り半も年上の人とゴルフ談義をしていて、「おいくつで回られるのですか?」と聞くと、厳然と「72」と答えた。驚く倉本さんにその方は、「勘違いなさっとられるようだが、私のゴルフは健康のため。だから、一日七十二回叩いたら、それでお終い!」。倉本さんは、その見事な打ち止めの発想に驚嘆したという。

大量生産・大量消費は、経済成長を目ざす上での常識だった。日本中で取り組む地域おこしの競争も、果てしない人の欲求にどうアプローチするかの競争、という側面がないわけではない。「共生社会」への模索が続く今、足るを知り、分をわきまえたライフスタイルを志向する人たちの心をとらえるアドバンテージは、この北海道こそが有しているといえるのではないか。

多様性を風土として備えた北の大地――。これまでの経済至上主義や中央依存を超える勇気を持つことができれば、この地は、名実ともに世界から衆望される〝希望の大地〟として、周回遅れのトップランナーになれるはずだ。

「もの」の価値を高める「ものがたり」

「これからは、ものではなく情報を売る時代」。先日帯広で行われた「小田賞」の贈呈式で、農業の先達が語った言葉をあらためて思い出した。同賞は、菓子文化の発展に尽くした六花亭創業者・小田豊四郎さんの業績を記念し、北海道の食文化の発展に貢献した方に贈られる賞として創設されたものだ。

十三回目（平成二十八年）は、家族経営で野菜通販を専業にする「杉本農産」（江別市）が受賞した。収穫の翌日にはお届け、を実践するキャッチコピー「きのうは、北海道の畑にいました」も秀逸だが、アスパラなどの発送時に添えられた、杉本家の長女則子さんの畑の日々を綴った手書きの便りが、多くの人の心を捉え、今日の評価と信頼を得たという。

残念ながら、則子さんは六年前に急逝。受賞の喜びを語った父慎吾さんは、挨拶の最後に則子さんへの想いをそっと言い添え、一瞬声を詰まらせた。土づくりへの渾身の努力はもちろんだが、一通の便りが、農産物への信頼と農業への希望を育てたといえるだろう。お祝いの会でいただいたアスパラは、大地の香りと則子さんの想いがこもった、この上なく心にしみる味わいだった。

農産物流通の世界でもう一つの話題は、「絵本の里・剣淵」の農業青年たちが取り組む「軽トラマルシェ」。農業者がまちに出かけて農産物を直販するのは、今や普通のことだが、彼らが直販の際に戸惑ったのは、自ら生産したものでありながら、消費者からふさわしい調理の仕方を尋ねられても答えられなかったことだった。その忸怩《じくじ》たる思いをバネに、調理法を猛勉強するとともに、販売方法に独自の工夫を凝らすようになった。

白シャツに黒いソムリエエプロン、赤いスカーフの出で立ち。そして必須アイテムは、木箱と英字新聞。四百種類にも及ぶ少量多品種の〝剣淵生まれ！〟を軽トラに載せ、英字新聞を敷いた木箱に並べてみると、一気に売れ始めたという。新鮮なのはもはや当たり前、素朴さが売りのこれまでを凌ぐやり方で、購入者の心をつかむことに成功した。

軽トラマルシェを商標登録するまでになって、彼らは、生命の糧を生産する喜びをあらためて知り、農業の未来に自信を深めたはずだ。剣淵町は、絵本の里づくりを四半世紀にわたり続けてきたが、その中核を農業者が担ってきたことも、剣淵産への信頼を生み出すベースとなっている。ものやこと、そして地域の価値を高めていく上で、ストーリーを秘める情報価値の力をあらためて認識させられた。

剣淵町は、人口三千人あまりの小さなまちだが、平成二十七年度には全国の並みいる都市を押しのけ、「文化芸術創造都市」として文化庁長官表彰を受け、産業と文化の融合したまちとして、声価をさらに高めることになった。

文化のパワーを信じて

二〇四〇年までに、国全体で二千万人の減少が予測される人口減社会を目前に、「消滅可能性都市」という言葉まで登場し、自治体経営には濃霧が立ちこめる。しかし、だからこそ、時代と向き合う自治体の姿勢が地域の将来を左右する。

「住んでよし、訪れてよし」の魅力ある自治体の共通項は、人口の多寡ではなく、地域資源を活かす知恵に満ち、個性を明瞭に発信していることだ。地域の歴史や風土、固有の文化的資源に裏打ちされたソフトパワーは、人の心を捉える。そして、それが呼び覚ます共感や感動が、人やもの、経済をも動かしていることは、人口減社会の時代にあっても、にぎわいや交流を創出している自治体があることを想起すれば得心がいく。

そのソフトパワーに着目して、文化庁は二〇〇七年度から、文化芸術分野で成果をあげた自治体を「文化芸術創造都市」として表彰している。二〇一六年、これまでで最も人口の少ない北海道剣淵町（三千二百八十人）が、並みいる他都市を抑えて受賞した。旭川から北へ五〇キロの位置にある純農村地帯だが、三十年ほど前、隣まちに住む絵本作家の呼びかけに心を響かせ、子どもの心と生命を育む、絵本の里づくりをスタートさせた。

一九九一年創設の「けんぶち絵本の里大賞」は、今や新人作家の登竜門と言われるまでに成長した。特筆すべきは、基幹産業を担う農業者が絵本に農業と通底する力を見出し、中心的役割を果たしてきたことだ。結果として、絵本の里の農産物にブランド力を付加し、さらには文化芸術の薫りを持つまちとしても知名度を高めている。

同時受賞の富良野市は、ドラマ「北の国から」で知られるが、こちらも農業主体の小規模自治体だ。「富良野演劇工場」が二〇〇〇年にオープンし、NPOが中心になって学校や企業、地域で、演劇によるコミュニケーション教育を多彩に展開。演劇と人づくりを融合させ、交流人口の拡大を図っている。

いずれも、文化芸術を核にした戦略が活力を生みだしている好例だ。ハコモノなど形の見える成果を求めるあまり、文化予算がやせ細る自治体は多い。文化は権威に依拠するものではないにしても、文化のパワーを信じて挑戦する自治体にとって、文化芸術創造都市の表彰は大きな励みになる。創造都市の交流が進み、文化の持つ創造力が地域の活力を生むパワーとなることへの理解が、より深まることを願っている。

目先に惑うことなく、時間によって熟成する価値に着目し、文化戦略を地域発展の基軸の一つに据える勇気を持つ自治体にこそ、未来は微笑むに違いない。人々は確かなアイデンティティを求めて、文化の力を備えた心和む地域や故郷に回帰していくはずだから。

スコットランド分権改革に学ぶ

映画「ブラス！」（一九九六年・イギリス）は、サッチャー政権下で疲弊したイングランドの貧しい炭鉱労働者が、ブラスバンドの演奏を通して、炭鉱マンとしての誇りを取り戻していく物語だ。全英ブラスバンド選手権出場の旅費にも事欠く中、ようやくたどり着いた音楽の殿堂ロンドン・ロイヤルアルバートホール。炭鉱閉鎖の哀しみに耐えてきた男たちが、英国一の栄冠を手に行進曲「威風堂々」を響かせる――、胸震えるラストシーンである。

サッチャーイズムが吹き荒れる中、スコットランドも、石炭や鉄鋼などの主力産業が衰退。中央政府への反発から分権意識が高まり、一九九九年七月、ロンドンに併合されていたスコットランド議会が約三百年ぶりに復活した。市民主導の改革は、分権改革のモデルとして世界から注目された。

当時の北海道も、地方分権の方向性を模索していたこともあり、スコットランド分権改革のリーダーとして著名だったイゾベル・リンゼイさんの自宅を、エジンバラに訪ねたことがある。改革の旗手とは思えない、柔らかな表情をたたえた女性だった。

「遠く離れたロンドンが、地方をコントロールすべきではない。課題は自らの手で解決しなければ……」と語るリンゼイさん。「その強い意思を支えたものは何か？」と尋ねる私に、「〝スコットランド人〟なのだという意識から生まれた活動」と前置きし、「自分の信念に従うことが変化を生み出す源泉。どんな変化を起こし、何を望むかを明確にし、準備をしておく。チャンスはいつ訪れるかわからないのだから」と語り、最後に付け加えた。

「良識ある中央政府を生み出すことも大切です」

リンゼイさんの胸にたぎるスコットランド人としての誇りは、分権改革の重い扉を開くことになった。二〇一四年、英国からのスコットランド独立の是非を問う住民投票が行われた結果、独立はならなかった。その是非はともかく、スコットランド市民は自らの道を選択する主人公として、社会改革の実験を今も続けているのだ。

背景、歴史は異なるが、面積、人口ともほぼ同規模の北海道。進取の気性を持つ大地と言われながら、中央依存から抜け出せずにきた「これまで」を克服し、ローカルとしての誇りある道を切り拓いていけるかどうか……。

スコットランドから戻り三年ほどたった頃、北海道庁が初めて開設することになったポータルサイトの名称を決めてほしいと求められた私は、この大地の歴史、風土、そこに生きる道民のことを想いながら、こう名づけた。〝北海道人〟と。

それぞれの道

子ども時代を過ごした家の近くに、大きなグラウンドがあった。ところどころに雑草が生えていたが、人の往来する部分だけ、自然についた道が斜めに真っすぐ伸びている。水はけが悪いのか、雨が降った後はぬかるみになり、道も消えてしまう。しかし、雨が上がり、また人が通り始めると、道は以前と同じように一直線に伸びていく。その道は、誰がいつ歩いても最短距離を結んでいた。それが人の刻む自然なリズムなのか、と思ったものだ。

同じことを、札幌在住の翻訳家、杉野目康子さんがエッセイに書いておられる。「人の体の中には、どの人にもいつも目標に向かって最短距離を指し示す磁石が埋め込まれているのだろうか」

そう綴った杉野目さんが、人間は最短距離でない別の道も描くことができると知ったのは、道庁赤れんが庁舎の西に広がる北大植物園、そこで美しい曲線の散歩道に出会ったことだという。楽しいその道は、園が何人かに何度も歩いてもらうなど試行した上で、つけられたそうだ。「人間は、もうひとつ別の磁石を持っている」ことを知った杉野目さんだったが、「都会に住む私たちは、どちらの磁石に従うことも許されず、お仕着せの道を歩むしかないのだろうか。みんな疲れてイライラしている理由のひとつは、こんなことかもしれない」と結んでいる。

戦後と呼ばれた時代を、私たちはひたすら働き続け、経済発展の道を駆け上ってきた。多くの人がほぼ共通の価値や目標を目ざして、決められた道をわき目もふらず走ってきたといって良い。それが高度成長を支えた日本の強さとなったが、その分だけ疲労感を募らせたこともまた事実だ。あふれるほどの〝もの〟を手にする一方、向こう三軒両隣のつながりや、顔の見える心豊かな関係性を、私たちはどこに置き忘れてきたのだろうか。

無縁社会や孤立社会というメディア発信の言葉が、説得力を持って迫る悲しい現実。かつて確かに存在していた地域力が、疲弊しただけではない。民主主義の基盤を揺るがすような昨今の事象を見ていると、政治や行政の劣化も著しいといわざるを得ない。

行政機関への信頼感は、良くも悪くも、頑ななまでに公平な道を歩むことを旨とする、官僚たちの矜持によって築かれてきたが、強者をさらに強者たらしめるだけの〝忖度！〟の蔓延《はびこ》り方は、目を覆うばかりだ。

二〇一六年、道庁は北海道の新しいキャッチコピー「その先の、道へ。北海道」を発表した。しかし正直なところ、どの道を目ざすのかが不詳では、せっかくの取り組みにも魂がこもらない。

北海道の可能性を示していると説明するが、可能性のあることは昔から言われ続けてきたこと。心に響かないのは、これまでの来た道が果たしてどんな道だったかを総括もせず、「その先」のそのが何を指すのかも曖昧だからだ。言い方を変えると、新たな切り口を探り当てられないまま、「先の、道へ」行こうとしているからだろう。

東川町長の松岡市郎さんが、こういう言い回しをされている。

「東川町には、三つの道がない。一つ目は国道がない。二つ目は鉄道がない。三つ目は上水道がない」

「ない」ものをあえて俎上にのせ、ハンディキャップをアドバンテージとして捉えてみせる逞しさ。それはお仕着せの道などものともせず、独自の視点と感覚でオリジナルな道を進もうとしていることの、高らかな宣言のようにも思える。

では、私自身のこれまでの道はどうだったか——。振り返ってみると、さまざまな道に迷い込み、四面楚歌の中に置かれることも多かったが、その度に〝北海道という名の君〟に背中を押され、励まされてきたことを実感する。

ここまで、北海道人としての道を歩めたことに今、改めて感謝するばかりだ。

Ⅲ　次代へつなぐ

1　君の椅子と地域の力

君の椅子がつくりだす〝まちの風景〟

喜びを分かち合う地域社会を目ざして

生きる術のすべてを、親や身近な大人たちにゆだねるしかない幼い生命。その人格や人権を蔑ろにし、生命そのものに危害が及ぶ事件が後を絶たない。「豊かな社会」と言われながら、耳を覆いたくなるような事象が日常化する現実を前に、私たちはたじろぐばかりだ。

かつて、貧しいけれど地域社会に根づいていた、互いに助け合い支え合う「向こう三軒両隣」の関係性を、私たちはどこに置き忘れてきたのだろう。失ったものを取り戻すためには、それと同じ時間、いやその倍の時間を要するかもしれない。もしかすると、もう手遅れなのではないか、とも危惧する。

しかし、現実がどうあれ、新しい生命は日々産声を上げ、健気にひたむきに前を向いて歩み始める。だとしたら私たち大人は、政治や社会に依存するだけでなく、子どもたちの健やかな成長のために、たとえ小さくとも、今できることをやっていくほかない。

そうした想いで二〇〇六年（平成十八）から、地域に誕生した新しい生命に「君の椅子」と名づけた椅子を贈り届ける活動を続けてきた。このプロジェクトは、私がかつて旭川大学大学院で地域政策ゼミを担当していた時、子どもたちのおかれた厳しい状況を学生たちと語り合う中から生まれた。

ヒントとなったのは、北海道愛別町の有志が長年続けてきたある活動だった。愛別町では、子どもが生まれると一発の花火を打ち上げ、町民にその誕生を知らせる活動を有志たちが続けてきたのだ。小さなまちだからこその心温かな取り組み。合図の花火は、華やかさとは無縁だが、夜空を焦がす都会の数万発にも決してヒケをとらない深い意味合いを持つ。

私たちの多くは、花火で生命の誕生を知らせるまちにもう住んではいないが、小さなまちの空に打ち上がる花火の温もりに学び、その思いを椅子に託すことにしたのである。

そして、「新しい生命の誕生する喜びを、ともに分かち合える地域コミュニティを、もう一度足元に取り戻したい」との願いを込めて、子どもたちの居場所を象徴する椅子を贈るプロジェクトを、地域自治体に提案することにした。

「君の椅子」と名づけたのは、産声を上げたばかりのか弱い生命であっても、まぎれもなく地域の一員であり、たとえ親といえども、決して損ねてはならない人格・人権が備わっていることを、あらためて確認したかったからだ。

自治体に加え、個人も参加

この提案に最初に応えてくれたのは、北海道東川町だった。人口七千八百人（当時）の、小さなまちの大きな決断。町内で生まれたすべての子どもに、職人の技によって作られた一生ものの椅子を贈るわけだが、スタートした二〇〇六年に東川町で贈呈された椅子は、計五十一脚となった。正確にいえば、その内の四十九脚は町内で生まれた子どもたちへ、そして残る二脚は東川に転入してきた新生児の元へ届けられた。

地球市民として産声を上げた新しい生命が、わがまちへ転入してくれたことに敬意を払い、大人用に勝るとも劣らない本物の椅子を贈る東川町の心意気に、転入されたご家族も心打たれたに違いない。

その後、東川町に続き、絵本の里・剣淵町、キノコのまち・愛別町、花のまち・東神楽町、木のまち・中川町が参加。二〇一五年には道外の自治体として初めて、長野県・売木《うるぎ》村が参加し、参加自治体は合わせて六つとなった。

また、この取り組みに共感した多くの方々から、個人参加の途をとの声が寄せられるようになった。そこで二〇〇九年秋からは、自治体とは別に、地域の枠を越えて個人でも参加できる

「君の椅子倶楽部」の取り組みもスタートしている。小さな椅子に込めた「生まれてくれてありがとう」「君の居場所はここにあるからね」の想いは、人々の心から心へ伝わり、ゆっくりと少しずつ日本各地に広がり始めている。

作り手と使い手が隣り合う関係

地域で子どもの生命を慈しむ「向こう三軒両隣」の再生を図るとともに、この取り組みには、もう一つの願いが込められている。それは、ものづくりに日々精進し、信頼ある地域ブランドを下支えする大切な役割を担いながら、光の当たる機会が少ない寡黙な職人たちの技に、市民が敬意を払う仕組みをつくりたいという想いである。

そうした願いを込めて、椅子の製作は、木工技術の集積する旭川家具の職人たちに担ってもらうことにした。一方、椅子のデザインは、建築家やデザイナーなど第一線で活躍するクリエイターに門戸を開放し、子どものための椅子デザインを幅広い観点から蓄積していくことにした。

年毎にデザインの異なる椅子――その座面の裏には、名前と誕生日、一連番号が刻印され、「世界に一つだけの君の椅子」に仕立て上げられる。座る子どものことを頭に思い描きながら椅子を製作する職人は、万が一それが壊れた場合、修理も担当する。実際に修理を引き受けたことのある職人は、「職人冥利に尽きる」とその喜びを語ってくれた。

成長社会の豊かさに馴れ親しんだ私たちは、壊れたら捨てるのが当たり前という時代を数十年にわたり過ごしてきた。君の椅子は、そんな大量生産・大量消費の時代の中で失われた、作り手と使い手が身近に隣り合う関係を取り戻そうとする取り組みでもある。

お伽話のようなまち

プロジェクトを構想した時、そのイメージを私は次のように周囲に話した。

「小さなまち役場に出生届を出しにきたお父さん、お母さんが、役場を出る時、小脇に小さな椅子を抱えている。それを見たまちの人たちが、「あっ！　赤ちゃん生まれたんだね、おめでとう」と声を掛け合う風景をつくっていきたい」

その願いは、時を経て今、少しずつ形になり始めている。二〇〇六年に東川で生まれた子どもが、東川小学校に入学した時、汚れや傷はそれぞれ違うけれど、クラスの子の多くが君の椅子を持っていることにまちの人たちは気づいた。それは、重ねてきた時間だけが生み出す新たな価値であり、まちの風景といえるものになっていた。その取り組みを知った、東京のある絵本作家が話された言葉が印象深い。「まるでお伽話のようなまちですね」。

プロジェクトがスタートして、二〇一九年で十四年――。東川町では、中学一年生以下の子どものいる家庭なら、いずれかの年の君の椅子があるという、継続してきたからこその光景が見られるようになった。剣淵町を始めとする他の参加自治体でも、いずれそうした光景が普通

になるだろう。

「今年生まれた子どもが、十八年後の大学経営を左右することをみんな忘れている……」

大学運営のトップを務める友人が、この取り組みに共感し、そんなメッセージを寄せてくれた。つい忘れがちなことだが、産声を上げた小さな生命の健やかな成長こそ、社会を成り立たせるすべての基本となる。だからこそ、子どもは地域の宝。子どもの健やかな成長は、世界に共通する最大のテーマであり、願いだといえる。

君の椅子プロジェクトは、小さなグループによる、小さな取り組みに過ぎない。しかし、「今いるところで、今持っているもので、あなたができることをやりなさい」（セオドア・ルーズベルト元アメリカ大統領）という言葉に込められた想いを胸に、ゆっくり、少しずつ、そして着実に歩み続けていきたいと願っている。

椅子は思い出の記憶装置

君の椅子は、思い出を貯めていく装置ともいえるが、座るという機能でみると六、七年でその役割を終え、逞しく成長する子どもたちは、やがて椅子のことを忘れていくかもしれない。しかし、大きくなったいつの日か、傍らにある椅子を見つめながら、自分の誕生に心寄せてくれた地域社会が確かに存在したことに気づいてくれると信じたい。

そして、人生の壁に直面することがあった時、自分の誕生を肯定してくれた証《あかし》の椅子が、その苦しみや哀しみを乗り越える勇気を湧き上がらせてくれると信じたい。

「愛されれば、その子は人を愛する人になる。社会に愛されれば、その子は社会を支える大切な大人になる」

この言葉を信じて、これからもそれぞれの居場所を伝える小さな椅子を、子どもたちの元へ贈り届けていきたいと心している。

3・11に生まれた君へ

3・11に生まれた生命

大地震と大津波によって、おびただしい数の生命が失われた二〇一一年（平成二十三）三月十一日。「日本が変わる日」とまで言われた過酷な現実を目の当たりにし、無力な自分を想いながら、ただ立ち尽くすしかなかった日々――。そうした忸怩たる時を重ねながら、北海道が二〇一一年の遅い春を越えた頃、胸に込み上げてくるひとつの思いがあった。

「多くの生命が奪われた、あの大震災の日にも、新しい生命が紛れもなく産声を上げていたはずだ」

それは、大震災の発生を予見することなど思いも及ばなかった二〇〇六年から、子どもたちに居場所の象徴としての椅子を届けるプロジェクトを地域に提案し、新しい生命の誕生にささやかながら寄り添ってきた者として、ごく自然に心に湧き上がる思いだった。だからこそ、「あの壮絶な日に新しい生命を授かった家族は、一年後の二〇一二年三月十一日をどのように迎えることになるのか……」との想いを抑えきれなかった。

思い描いたのは、一年後のその日、日本中が鎮魂の日となり追悼の祈りを捧げることになるその日、普通ならたとえ小さくとも可愛らしいケーキを囲むはずのその日のことだ。家族は窓のカーテンを閉め、物音も立てずひっそりと息をひそめて、祝福すべき誕生日の一日を過ごすことになるのではないか――。

そんな、悲しみの日に生まれた愛しいわが子を想い、その切なさに人知れず苦しんでおられるご家族に、そして何よりも新しい生命を生きることになった子どもたちに、「君は未来を携えて産声を上げた希望の生命」であることを伝え、「生まれてくれてありがとう」の想いを届けたい。そのために、二〇〇六年から取り組んできた君の椅子は、小さな役割を果たすことができるのではないか、そう考えたのだ。

百四の新しい生命、九十八の希望の椅子

その想いを当時、君の椅子プロジェクトに参加していた三つの自治体（北海道東川町、剣淵町、愛別町）と共有し、被災三県（岩手県、宮城県、福島県）の計百二十八市町村（当時）で、三月十一日に何人の新しい生命が誕生していたかについて、五か月をかけて独自調査に取り組むこと

になった。

調査は難航し、最後まで連絡のなかった南三陸町から「一名誕生」の一報が入ったのは、晩秋に近い頃だったろうか。その数を積み上げて、あの日、被災三県で百四人の子どもたちが産声を上げていたことを把握した。それは、日本のマスコミが摑み得なかった、あの日生まれの希望の生命の総和だった。

その後さらに、世界に一つだけの君の椅子にすべく、個々の名前を把握するための調査を重ね、百四人の内、最終的に九十八人の名前を摑むことができた。座面の裏に、名前と県ごとのシリアルナンバー、そして「たくましく未来へ」の言葉を刻み込んだ、〝希望の「君の椅子」〟と名づけられた九十八脚の椅子が完成したのは、北海道が初冬を迎えた十一月半ばのことである。

完成した椅子を携え、三町長とともに東北に向けて新千歳空港を飛び立ったのは、二〇一一年十二月十二日。三県九十八人の家族全員に直接手渡しをするための、二か月半にわたる旅の始まりだった。

「おめでとう」の想いを届ける旅

一脚目の椅子が贈られたのは、岩手県宮古市で産声を上げていた下澤さくらちゃん一家。土地勘のない盛岡から宮古への冬道に難行苦行しながら、やっと辿り着いた宮古市役所の市長応接室。私たちを待っていてくれたさくらちゃんは、お父さん、お母さんの手を借りながら、津軽の海を越えてやってきた、世界で一つだけの〝さくらちゃんの椅子〟に座ってくれた。

宮古市長の山本正徳さんは、さくらちゃんを抱き上げながら、「私たちはあの日、新しい生命が生まれていたことに思いが及ばなかった。しかし、言われてみると確かにさくらは、宮古の希望だなあ」。初対面の市長の口から思わず出た言葉は、私たちが〝希望の「君の椅子」〟を届けるために八か月をかけて準備し、多くの人たちに伝えたかったメッセージそのものだった。

宮城県塩竈市で椅子を受け取ったお母さんは、「この子は一度もおめでとうと言ってもらえなかった子だけど、今日初めて「おめでとう」と言ってもらえたような気がする」と涙ぐみ、岩手県北上市のお父さん、お母さんは、「3・11の子、震災の子と言われてきたけれど、「希望の子なんだよ」と言ってもらって気持ちが楽になり、救われた」と話してくれた。

北海道の大地に生育したミズナラ、そして旭川家具の職人の技で作られた小さな〝希望の「君の椅子」〟は、あの壮絶な日に生まれ、切なく複雑な気持ちで過ごしてきた家族に、「おめでとう」「生まれてくれてありがとう」の想いを伝える大切な役割を果したといえる。

生命の日々に寄り添い、思い出を刻む

椅子を届けてから六年の歳月が過ぎ、あの日生まれた子どもたちは二〇一七年四月、小学校に入学するまでに成長した。椅子を届けた時、天使のような笑顔を見せてくれた宮城県のりな

ちゃんも元気な一年生に。お父さんは、りなちゃんの入学式に〝希望の「君の椅子」〟を持参し、りなちゃんの席の横に置いたという。お父さんは、その想いをこう語った。

「わが家のりなが成長したのはもちろんうれしいけれど、あの日生まれることの叶わなかった子どもや、生きる道を断たれてしまった子がいたことを忘れず、その子たちにも今日は座ってもらいたいと願い、りなの横に並べさせてもらった」

北海道が誇る素材と技術、そして願いがひとつになって作られた椅子は、思い出の記憶装置といってよい。だからこそ、子どもたちの人生に寄り添い、その身に長く思い出を刻み続けていくはずだ。

やがて、日々たくましく成長していく子どもたちは、椅子のことを忘れてしまうかもしれない。でも、いつか壁にぶつかり、悲しみや苦しみに心沈んだ時、傍らにある椅子の意味に気づいてくれる時があるに違いない。

自分がこの世に生を受けた時、その喜びを地域の人々が、日本の人たちが、ともに分かち合ってくれた証《あかし》の椅子とともに成長した子どもたち。その胸に、身近な人々に愛され、多くの人たちに見守られた記憶が、明日への勇気として湧き上がる日のあることを信じたい。

東北、そして日本の希望

日本中が息をのみ、言葉を失ったあの過酷な状況の中で、未来への希望を携えて生まれてき

てくれた新しい生命。君たちは、いつか想像してくれるに違いないと信じる。「君が産声を上げたあの日、君と同じように母なる宇宙から生まれ出ようとして叶わなかった生命のあることを。そして、出発《たびだち》の緒に立ちながら、未来を引き裂かれた生命のあったことを」

二〇一六年春、五歳になった子どもたちへのお祝いに、『ちいさないすのはなし』という絵本をプレゼントした。そのお礼に、岩手のお母さんから手紙が届いた。

「送っていただいた『ちいさないすのはなし』は、とても素敵なお話で、息子は何度も読んでいます。息子も五歳になり、自分の生まれた日に何が起きたのかわかってきているようです。先日、「Kくんの生まれた日に、たくさんの人がお空に行ったんだよね。さびしいね」と言いました。そんな時、遠くにも誕生日を祝ってくれる人がいることを教えたら、とてもうれしそうでした」

想像する力を深く心に宿し、授かった生命を懸命に生きていく子どもたちだからこそ、「あの日」に生まれた子どもたちの健やかな成長は、私たちの希望であり、東北の、そして日本の未来につながるのだ。

椅子の裏に刻んだ通り、あの日の子どもたちがたくましく育ち、いつか旅に出る季節が来たなら、私はもう年老いているけれど、椅子の故郷・北海道を訪ねてほしい。そう、心から願っている。

地域再生への祈り――福島県葛尾村の決意

二〇〇六年（平成十八）、私が特任教授として関わった、旭川大学大学院の小さなゼミから生まれた「君の椅子」という名の小さな種。それはやがて芽吹き、背を伸ばし、今はまだか細い幼木ながら、ゆっくりと大地にその根を巡らせ始めている。共感、共鳴の輪の広がりが継続の力を与えてくれていることに感謝しながら、さまざまな思いを込めた椅子を贈り続けてきた。

年毎に異なるデザインの椅子が産声を上げる君の椅子プロジェクトの一年は、とても足早に過ぎていく。スタート以来、〃光陰矢の如し〃のような歳月だったが、一年に一脚の椅子モデルを世に生み出すという確かな道のりの十数年でもあった。

プロジェクトの拠点である札幌の「君の椅子工房学舎」には、一生ものとして年毎に誕生した表情の異なる十四の椅子、そして〃希望の「君の椅子」〃を合わせると計十五の椅子たちが並んでいる。

十五脚もの兄弟姉妹が立ち並ぶ風景を思い浮かべてみてほしい。一脚ずつを見るだけでは気づかなかった個性がそれぞれに際立ち、部屋には緻密な作りの木製椅子が醸し出す、温かく爽やかな空気感が充ちている。一脚一脚に、それぞれの物語を包み込みながら、北の大地に生育した木が、新たな役割を担って私たちのもとにやってきてくれた。

武蔵野美術大学名誉教授の島崎信さんは、「居場所を椅子に託して表現し、年毎に子どものための椅子デザインを生み出していく仕組みは世界でも初めて」と言われた。椅子研究のオーソリティから寄せられた、思いもかけない励ましの言葉だった。

参加自治体は、二〇一四年まで道内の五町だったが、その翌年には、六つ目の自治体として長野県売木《うるぎ》村が加わった。椅子が携える「生まれてくれてありがとう」「君の居場所はここにあるからね」の想いは、地域の枠を越え、国境の壁をも越えていく普遍的なものと信じてきた。それだけに、君の椅子が津軽の海を渡り、長野県にも伝播したことは、その確かな証しともいえる出来事に思えた。

そして二〇一八年、私たちは七番目となる自治体を迎えることになった。福島県葛尾《かつらお》村。東日本大震災の原発事故で、全村民が村外への避難を余儀なくされた村だ。二〇一六年、一部を除き避難指示が解除されたが、今なお村外、県外に避難する村民は多く、帰村率は二十パーセントにとどまる。未曾有の災害に遭遇し未だ困難の最中にある村が、地域の再生を願い、君の椅子への参加を決めてくれたのだ。

自治体の広域連携の輪が広がることはもちろんうれしいが、葛尾村の参加は、人と地域の根源的な関係性と、椅子の持つ意味を改めて考える機会を与えてくれたように思う。人は、縁を得てそれぞれの地域に生まれ、地域に育まれる。同時に人の営みの積み重ねが、地域の風土や歴史を形作っていく。そうした地域と人の相関する関係の中で生まれた生命が、地域の宝であることは昔も今も変わりない。

しかし、「向こう三軒両隣」が持っていた地域力が失われてしまった今、子どもたちは、そのしわ寄せを一身に受けている。君の椅子プロジェクトは、子どもたちの健やかな成長こそが、あらゆる社会経済活動を支える基点であることを深く心にとめ、新しい生命を迎える喜びを分かち合う地域社会をもう一度取り戻したい、との願いを込めて続けてきた取り組みなのだ。

八割を越える村民が、今なお帰村し得ない状況の中で、村が向かおうとしている地域の再生は、日本社会がかつて経験したことのない過酷なものだった。それだけに、村外の避難先に住む村民に誕生した新しい生命にも椅子を贈る、という葛尾村の決断は、人は地域に生まれ、地域の風土に育まれながら内なる故郷を築いていくというこれまでの相関性を越えた、祈りにも似た取り組みといえないだろうか。

先日、葛尾村で最初の贈呈式が行われた。村外で生まれた三人の新しい生命《いのち》。その三家族が、七年ぶりに村に集い、それぞれの君の椅子を受け取ってくださった。ある家族は、新しい生命の誕生を機に村へ戻ることを決意されたと聞く。

残る二つの家族は、あふれんばかりの笑顔で椅子を受け取ってくださったあと、再び避難先のまちへと戻って行かれた。椅子を友として健やかに成長した子どもたちが、いつの日か、葛尾村の未来をたくましく支えてくれることを、遥か離れた北の地から願うばかりだ。

新しい生命の成長に、地域の未来を重ねていくことを決意した葛尾村に敬意と感謝を表しつつ、これからも君の椅子の輪をゆっくり広げていきたいと心新たにしている。

2　旭川家具と不屈の家具職人

孤立を恐れず、風上に立つ——不屈の家具職人・長原實さんのこと

木工家具産業のトップとして比類なき指導力を発揮し、旭川家具を日本はもとより世界屈指のブランドに育て上げた家具職人・長原實《みのる》さんが、私たちの元から静かに黄泉の世界へと旅立った。この北の大地と、ものづくりへのたぎる思いを最期まで途切れさせることのない「見事な人生」だった。

時空を超える理念

長原さんは、既存の権威におもねることなく、孤高といってもよい気高い志《こころざし》と洞察力で、時代のあるべき姿や方向を指し示しながら、行動し続けてきた。時には心折れそうになることが

あったかもしれない。しかし、どんなに激しい逆風にさらされようとも、風上に立つことを恐れない人だった。

それは、この北の地にあって、常識という固定観念やしがらみの殻を打ち破り、新たな価値を生み出す先駆者であり続けることこそ、北海道の潜在力を、地域とそこに生きる人たちの誇りにまで高める道であると信じていたからに違いない。

何より驚嘆させられるのは、木工家具産業のあるべき方向や、家具職人としての在りようについて語るその想いが、木工家具の世界にとどまらず、人間社会すべてに通底するとともに、時空を超えて心にしみる思想・哲学でもあったことにある。

デザインとの出会い

長原さんは一九五一年（昭和二十六）、地元の中学を卒業し、十六歳で道庁立旭川公共職業補導所（現道立旭川高等技術専門学院）に入学。一年後、地元旭川の家具メーカーに入社し、家具職人の道を歩み始める。懸命に働いたが、伝統という名のしがらみや、時間にルーズな職人感覚には馴染めなかったという。

その頃、長原さんは職人としての人生を左右する人物と出会うことになる。一九五五年に発足した旭川市立木工芸指導所の初代所長・松倉定雄さんである。松倉さんは、「デザイン性を取り入れた家具づくりの重要さ」を力説したという。長原さんは「そのひと言が、僕の人生を変えたといっても良い」と述懐している。

松倉さんは、「家具をデザインするとは、単に使うだけでなく、見て、触れて、置いて、使って美しく、生活空間に潤いをもたらすものであること」と語り、「これからの職人は、今までのようなモノづくりでは生きていけない。日常生活にデザインが採り入れられ、美しい姿や機能美が求められる時代が必ずやってくる」と熱く語りかけた。

長原さんは松倉所長の言葉に、それまでの職人意識を根底から覆されるほどの衝撃を受け、産業とデザインの関わりを強く意識することになる。そして、「北海道の木材で家具をデザインするとすれば、気候風土の共通する北欧家具に学ぶべきだ」との考えに至った。

「デザイナーとして生きていくためには、どうしてもヨーロッパへ行き、本場の家具をこの目で見なければならない」

そんな想いを募らせていた長原さんに、幸運の女神が微笑む。一九六三年四月、旭川市勤労青少年海外派遣技術研修生に選ばれ、片道切符の支援を受けて西ドイツへ赴く。三年に及ぶ西ドイツ滞在中、三か所の家具製造工場で技術者として働き、国立木材技術大学でも学ぶことになる。

ドイツ人の論理的な思考に大きな刺激を受け、機械を駆使し組織的に作業を進めていくノウハウを吸収しながら、ドイツ人の特性と日本人の手先の器用さを結びつければ、世界に通用するものを作ることができると確信したという。滞在中、中古のフォルクスワーゲンを購入し、北欧はもとよりヨーロッパ中の博物館や美術館を訪ね、ものづくりの原点を学んだというその行動力には、驚かされるばかりだ。

〝オタルオーク〟の衝撃

西ドイツに渡った長原さんは、訪れたオランダのハーグ港で驚くべき光景に遭遇する。集荷場に置かれる大量の輸入された丸太、そのミズナラの木肌は、刺身にして食べたいほどの美しさだったという。「これは、どこから……?」。その問いに係員は、「日本の小樽という港から」と答えた。「衝撃だった!」と長原さんは振り返る。

木材産地の真っ只中にいながら、地元では見たこともない見事な丸太がそこにはあった。当時、小樽港から出荷された道産ミズナラは、ヨーロッパでは「オタルオーク」と呼ばれ、高級家具材として知られていた。長原さんは、デンマークでもオタルオークを素材にした椅子と出会っている。

世界の至宝と言われる道産ミズナラが世界各国に輸出され、高級家具に生まれ変わっているという衝撃的な事実。原材料供給基地に甘んじてきた北海道のことを思い、長原さんは「いつか世界に通用する家具を北海道で作る」ことを深く胸に刻む。その想いが、旭川家具の今をつくるエネルギーとなったことはいうまでもない。

長原さんからこの話を初めて聞いたのは、二十一世紀を目前にした一九九九年(平成十一)、私が北海道上川支庁長として旭川に赴いた時のことだ。良質な原材料を安く大量輸出してはばからない〝北海道の習い性！〟をお互いに嘆きながら、「道産ミズナラがこれから津軽海峡を越える時は、輸出関税をかけたいですね」と話し合ったものだ。北海道人としての誇りと意地を守り抜いていく大切さを、長原さんと共有することになった、忘れ難い一コマとなった。

業界の常識に異端として挑戦

西ドイツ留学から帰った長原さんは、二年後の一九六八年（昭和四十三）、株式会社インテリアセンター（現カンディハウス）を設立。「暮らしにデザインを取り入れる」を創業理念に、北欧風の椅子づくりに挑戦する。

　インテリアセンターを創業した時期の家具業界は、花嫁箪笥などのいわゆる箱ものが中心で、問屋が生産や流通を支配していた。そうした状況の中で、製作の中心を脚もの家具に据え、百貨店などを通じてメーカー自身が直接販売する独自路線は、既存の業界の枠組みを逸脱した、異端ともいえるものだった。

　後年、長原さんは、「誰もやっていないことをやろうとしたため、従来の業界の枠では生きていけなかった。しかし、道産ミズナラを使ってヨーロッパのデザインを取り入れた椅子を作り、世界ブランドへと進化させることは、会社創業の理念であり、当然の行動だった」と語っている。

「家具は、何より飽きないこと。そして、美しさや機能美を備え、使う人に優しいものでなければならない」と考える長原さんは、デザインを基本戦略の前面に据え、創作家具づくりに邁進する。家具づくりに一流デザイナーの力を活用し、その対価としてロイヤリティーを支払うという、日本の家具業界としては初めての仕組みを導入するのだ。

ヨーロッパ留学で体得した揺るぎない信念。理想を実現するためには孤立をも恐れない職人魂。そして、長原さんが先鞭をつけた外部デザイナーとの共同製作という新機軸は、家具産業の革新とブランド力の向上をもたらし、旭川市に近接する東川町、東神楽町を含むエリアが、世界的にも珍しい、広域的な木工家具産業の集積地として発展する今日を築く礎となった。

未来を語り続けた〝小さな巨人〟

長原さんを支える協力者の一人で、世界一の椅子コレクターとして知られる東海大学名誉教授の織田憲嗣さんは、長原さんを〝小さな巨人〟と評し、次の五つの顔を持つと語る。①芸術性の高い資質を持つ家具職人、②日本を代表する家具企業を創業した事業家、③優れた意匠を生み出すデザイナー、④若い人材を育てる教育者、そして、⑤時代の在りようを語る思想家としての顔。そうした多面的な資質を備えた、類い稀な存在だったと織田さんは評価する。

優れた家具職人である長原さんが、「ものづくりは人づくり」の視点から、人材の育成に力を尽くしてきたことは、多くの人が知るところだ。しかし、長原さん自身がデザインした家具のいくつもが、ロングセラーを続け、消費者の支持を受けているという事実は、意外に知られていない。長原さんは、家具職人であると同時に、デザイナーとしても天賦の才を持った世界でも稀有な存在だったのである。

さらに、消費社会の在りようや自然環境のこれからについても、将来を見据えた鋭く的確な世界観を発信し、地球に生きるものの一員として、心にしみる言葉を語り続けてきた。亡くなる最期の最期まで、未来に目を向け二十二世紀を語り続けた、掛け替えのない人物だった。

木の成長を追い越さない

株式会社インテリアセンターを創業して二十一年目に当たる一九八九年（平成元）、長原さんはアメリカに渡り、木工芸や建築の世界で高名だった日系二世のジョージ・ナカシマと対面。この出会いが、後年の長原さんの活動に大きな影響を与えることになる。

「大量生産のために均一性が尊ばれる風潮の中で、ジョージ・ナカシマは逆の考えを持っていました。木は自分で育つ場所を選べませんから、素直に育つとは限らない。例えば北側に育つ木は、雪で倒され、春には起き上がるという繰り返しで、曲がって育つことになります。その曲がった木を、日本の職人は寺社建築の反りに使い、船の舷に使うなどしてきました。規格外と言われる木の個性を生かし、それを最大限の付加価値にするのが職人のプライドなのだという、ジョージ・ナカシマの思想に深く共鳴しました」

その感性に触れた長原さんは、「拡大均衡ばかりを目ざす家具づくりは、間違いではないのか」との想いに至る。大量生産、大量消費、そして大量廃棄といった、二十世紀的なものづくりや、ほしいだけ木を切り倒してきた経済至上主義ともいえる常識を乗り越え、「木の成長を決して追い越さず、修理・再生も含めて、長く使われ愛される〝ものづくり〟の道を歩まなければいけない……」と決意させたのだ。

ジョージ・ナカシマとの出会いは、長原さんにとって、木材や家具づくりとの向き合い方を大きく変える契機となった。

「君は何になりたいの……」

この出会いをきっかけに、長原さんが想いを込めて立ち上げた取り組みが、「一本技《いっぽんぎ》」と名づけられた、上質ではない材の個性を活かした家具シリーズである。その取り組みを紹介するリーフレットに、長原さんの想いが認められている。

「本当に銘木だけが価値ある木なのでしょうか。節や割れ、こぶがあるというだけでなぜ家具になれないのか。これでは、生命を託して私たちの元にやってくる木に申し訳ない。「一本技」は、木を見つめ続けてきたインテリアセンター（引用者注・現カンディハウス）が、欠点とされてきた部分を個性と捉えて作ったシリーズです。家具のために材を選ぶのではなく、その木がいちばん自分らしい美しさを表現できるように仕上げた家具なのです」

長原さんの切なる願いが、静かに心の内に響いてくる。人間の寿命をはるかに超える年輪を重ねてきた木に、「君は何になりたいの……」と職人が静かに語りかける姿を心に浮かべてみる。それは、人の世を超越した、一幅の絵のような美しい光景に思えてならない。

「人づくり一本木基金」の誕生

初めてお会いしてから十数年の歳月を経て、敬愛する長原さんが、奥さまの紀子さんとともに北海道文化財団の私の元を訪ねてくれたのは、二〇一三年(平成二十五)初夏のことだった。「妻の暮らしを守る以外の私財は、〝ものづくり〟を学ぶ若者を応援するために寄付したい」思いもかけない申し出に戸惑いながらも、長原さんの地域を愛し、若者たちの成長に想いを寄せる懐の深さに、圧倒される思いだった。目先の利益を超越し、未来の若者にバトンを繋ごうとする長原さんの想いを何としても形にしなければ、と決意したものだ。

その日から二年の歳月を要したが、二〇一五年四月、北海道文化財団内に〝ものづくり〟を目ざす人たちを応援する「長原實 スチウレ・エング 人づくり基金」を創設することができた。大量生産に寄りかかり、時流に乗り遅れまいとする社会風潮の中で、権威に身をゆだねることなく、大地に生育した一本一本の木の生命に心を寄せるひとりの家具職人。その心意気に想いを馳せながら、私はこの基金の愛称を「人づくり一本木基金」と名づけた。その名称を報告した時、長原さんはうれしそうに、はにかむような笑顔を見せてくれた。

「家具のために材を選ぶのではなく、その木が最も自分らしく美しさを表現できるように仕上げるのが職人の仕事」――そう語る心優しき不屈の家具職人、長原實さん。彼が、生涯の最後に高々と掲げた人づくりのための松明は、この地で〝ものづくり〟の道を歩み出そうとする若者の行く手を、赤々と照らし続けるに違いない。

最期に残した〝魂の言葉〟

長原さんが旅立つ、わずか四十七時間前の二〇一五年（平成二十七）十月六日午後二時。退院し自宅に戻った長原さんは、ベッドの上で私の来訪を待っていてくれた。

「一本木基金がスタートしてうれしいですね」。そう語りかける私に長原さんは、「ようやく間に合った！」と笑顔を見せた。そして、声を出すことも切ない病状にも拘わらず、自らベッドに身を起こし、〝ものづくり〟に向けた想いを渾身の力で紙に認《したた》めたのだ。

この地に蓄積する財産として、①「織田コレクション」、②「ＩＦＤＡ国際家具デザインフェア旭川」、③「道立高等技専」、そして④「人づくり一本木基金」を挙げ、その四つを有機的に運用し、この地域を「ものづくり王国」に――と記し、柔和な表情で私の手を握り、手を合わせられたのだ。胸に込み上げてくるものがあった。

同席してくれたカンディハウスの藤田哲也社長は、後日、「あれは、長原さんの最後の仕事でしたね」と言われた。

長原さんが、八十年の生涯をかけて渾身の想いで伝えようとした「ものづくり王国」へ、という言葉は、行政機関の計画書が何万語を費やしても描き切ることのできない、この地域の進むべき方向性を端的に指し示す〝魂の言葉〟だった。

晩年、精魂を傾けた「公立ものづくり大学」の開設は、今なお霧の中だ。しかし、この地の人々が、この地の持つ希望に向かって誠実に歩もうとするスピリッツを持ちさえすれば、この地をものづくり王国とすることは可能だ。何より一人ひとりの心の中に、〝内なる王国〟を築くことはできるはずだと私は信じている。

長原さんは、道半ばで倒れたのではない。想いの丈を語り、行動し、役割を果たし尽くしたと私は思う。後は、残された地域の人たちが、託された想いを担わなければならない。

「「旭川」に、そして「北海道」に、その決意ありや、なしや……?」

そう問いかけ続けていきたいと心している。

八十年の生涯を、信じる道を揺るぎなく、逞しく、地域と人に優しく柔らかに生き抜いた長原さん。その見事な人生に、北海道人の一人として、心からの敬愛と感謝の念を捧げたい。

文化の都・長安と旭川家具

旭川といえば、旭山動物園が全国的ブランドだが、それに勝るとも劣らない地域力を持つのが「旭川家具」である。しかしその力量を、地域の人たちが深く理解しているかといえば、「残念ながら……」と言わざるを得ない。

木材関連産業の裾野は、このエリアに大きく広がり、とりわけ木工家具の分野では、百二十を越える製作現場が存在している。危機的な状況に幾度も直面しながら、その厳しさをバネに、先進的な北欧家具にも学びつつ、今ではデザインや品質に優れた国内有数の家具産地として存在感を高めている。一九九〇年（平成二）に創設された「国際家具デザインフェア（ＩＦＤＡ）」も、世界の木工家具関係者から注目されるコンペティション（競技会）に成長した。

旭川家具で注目すべきことは、エリア全体が深く身につけている技術や人材を育くむ力、世代を超えて技を伝承していく力にある。技術の修得を目ざしてこの地に降り立った若者は、地域に集積した家具づくりの土壌や先達の息遣いに鍛えられ、技と眼力を磨くことになる。

そうした力は、一朝一夕に集積できるものではない。

そう思いながら、元文化庁長官の近藤誠一さんから聞いた話を思い起こした。

平安時代、書の達人と言われた嵯峨天皇と空海は、書の腕前を競い合っていた。ある時、嵯峨天皇が長安から取り寄せた書を空海に見せ、「長安の人の手になるもので誰かは知らぬが、到底真似のできるものではない」と称賛。すると空海は、「恐れながら、実は私の書いたもの」と伝えるが、天皇は「書風がまるで違うではないか」と言って信じない。

空海は「ご不審はごもっとも」と言いながら軸を外すと、そこに「青龍寺にて　空海」とあり、「文化の大国、長安で書くと筆に勢いが出るのです」と答えたという。当時の長安が、世界から文人を受け入れ、人の持つ能力を刺激し引き出す、文化の都だったことを物語る逸話だ。

長安に計り知れない文化の力があったように、木工家具職人の技と心を育てる懐深いエネルギーが、この旭川家具エリアに蓄積され続けている。そのことを、この地に暮らす人たちの多くが深く認識していないのは、産業的にはもちろん、地域の誇りを育んでいく意味でも惜しまれる。

この地域の力は、時間を積み重ねることでしか形づくることのできない価値であり、製造業の弱さが指摘される北海道にあって、この本物をつくる木工家具技術の集積は、日本のみならず世界に誇ることのできる、かけがえのない地域の財産なのだ。その宝を守り育むことは、私たちの北海道を磨き、その未来を育むことでもあると信じている。

Ⅳ　この地に生きる矜持

1　一歩前に出る勇気

北海道遺産が持つ独自の視点

南信州の山あいの小さなまち・阿智村《あちむら》を訪ねる人が、最近急増していると聞いた。寂れかけていた村を活気づけたのは、夜空に煌めく〝日本一の星たち〟。その輝きは数年前まで、村人にとっていつもの見慣れた風景だった。しかし、村の将来を案じた村民の危機感が、その当たり前のものを〝宝もの〟に変えることになった。訪れる人を「美しすぎる！」と感嘆させるために、さらにいくつかの仕掛けが施されたことで人気を呼び、今では「日本一の星空」というフレーズを商標登録するまでになったというから驚く。

かつて道庁マンであった時に、プロジェクトとして提起した「北海道遺産」構想は、足元にあるがゆえにその価値に気づいていない、地域に潜在する資源に目を凝らそうという着想から生まれた。他府県などの遺産と異なる、北海道遺産ならではの際立った視点は、「世間の評価が既に定まっているものは除く」としたことにある。

見逃しているものに光を当て、さらに今はまだ遺産とはいえずとも、いずれ評価されるはずのものに目を向けることを目ざした。「旧道庁赤れんが庁舎」や「時計台」、そして後年、世界遺産となった「知床」も入っていないのは、そうした考えの何よりの証左だ。

中でも、選定までほとんど知られていなかった根釧台地の「格子状防風林」は、その象徴的事例といえる。この樹林が、帯幅百八十メートル、格子の一辺三・二キロメートル、総延長六百四十八キロメートルの巨大な防風林であったことは、誰も思い及ばなかった。

それを教えてくれたのは、二〇〇〇年（平成十二）にスペースシャトルで宇宙を旅した毛利衛さんの語った、「空から眺めて、北海道で見えた工作物は、格子状防風林だけ！」という言葉だった。北海道遺産に選ばれた格子状防風林は、以来かけがえのない地域の宝物となった。また、札幌と函館の「路面電車」が最終的に選定されたのも、近い将来、かけがえのない地域資源になると考えたからだ。

知名度の高まりに着目して、いくつかの企業や団体が応援に加わっているが、何よりも大切なのは、目先のプラスマイナスでなく、身近にある〝当たり前〟や、何気ない〝日常〟に潜む価値を見出す柔軟な感性だ。そして、名もなきもの、目立たぬもの、小さきものにも心寄せるスピリットを、暮らしの中に取り戻していきたい。

足元にある、かけがえのないものを見つめる感受性があってこそ、この大地が秘める多様な豊かさを、誇りを持って世界の人たちの心に奥深く届けることができるはずだ。

北海道文化振興条例が掲げた松明《たいまつ》

文化で飯は喰えない——。かつて地域や文化に関わる仕事をしていた頃、よく投げかけられた言葉だ。文化的な取り組みの価値や意味を、数値や言葉で語る難しさもあって、そうした常套句が今なお闊歩《かっぽ》している。しかし、目を凝らして社会の動きを見れば、人は文化的な視点に裏打ちされたものや取り組みに心惹かれて行動していることがわかる。そして、結果としてそれが経済を循環させていることは、紛れもない事実である。

これまで日本社会は、戦後の復興を旗印に経済に偏重し、大都市への一極集中や効率優先といった流れから抜け出せずにきた。そのため、文化芸術の持つ本来的な力や社会的役割に対する十分な気づきを体験しないまま、今もその力を生かしきれずにいる。

「文化は霞《かすみ》のようなもの、霞では喰っていけない！」と言われるたびに、建築家の中村好文さんから聞いた言葉を借り、「〝霞〟の握り飯に〝希望〟という名の塩を振りかけて！」と意地を張りながら、行く手を阻む壁をいくつも越えてきた。

地域の創造力を引き出したいという願いを込めて、「北海道文化振興条例」の制定に取り組んだ時も、多くの批判にさらされた。政治の世界からは、「条例をつくるにしても、「文化は大切」とだけ書いてあればいいだろう」と叩かれたものだ。

四面楚歌の中で、「文化基金」の創設を含め実効性のある条例づくりを目ざしたのは、文化の大切さは自明のこととして、毎度繰り返される不毛な論議を超え、文化芸術を育むための建設的な議論に時間とコストをかけたい、という想いからだった。

激しい攻防の末、北海道文化振興条例は一九九四年（平成六）三月に成立、同時に「北海道文化財団」も創設された。国の「文化芸術振興基本法」の制定（二〇〇一年十二月）に先立つこと、七年半も前のことである。

その前文には、「（人は）ひとしく豊かな文化的環境の中で暮らす権利を有するとともに、自らが地域文化の創造と発展のため主体的に行動する責務を有している」と規定され、日本の法令として初めて〝文化の権利と責務〟が織り込まれた。今、道内各地でさまざまな文化活動が行われているが、どんなに小さな活動も、立法府の議会が最終的に全会一致で可決した〝文化の権利と責務〟が、バックボーンとして支えていることになる。これは、四十七都道府県の中でも、北海道だけのことなのだ。

文化芸術活動の絶えざる蓄積は、社会の活力そのものといえる。二十一世紀における地域発展の基軸を、〝文化〟に置くことの大切さをいち早く示した北海道だが、その具体化はまだまだ発展途上にある。創設から四半世紀を迎えた北海道文化財団だが、その先駆性を胸に、これまで積み重ねてきたものをさらに発展させ、より豊かな文化的環境をつくる一翼を担っていきたいと、想いを新たにしている。

既存の枠組みを突き破る〝言葉の力〟

毎年、新語・流行語大賞が発表されると、年の瀬を迎えたことを実感する。近年受賞したものを振り返ってみると、語感のおもしろいものや、世相を軽妙に反映するものはあっても、時代を画す、といったインパクトを持つ新語は意外に少ない。

しかし、時に時代の方向性を端的に示す言葉が誕生し、その言葉が既存の枠組みを突き破る力を持つことがある。北海道が一九九七年（平成九）に発表した政策「時のアセスメント」は、地域の発展を担う自治体が、時代の方向性を模索しながら、自らの在りようを謙虚に省みる大胆な取り組みだった。

日本の行政機関が江戸時代から持ち続けてきた、「役所のやることに誤りはない」というお上意識。その典型として、これまでまかり通ってきた「一度始まった公共事業は、途中では決して止まらない・止められない」という役所の常識。それは市民社会の感覚とはかけ離れたものであり、その溝を埋めなければ信頼に足り得る、地方分権の時代を担う地域政府を築くことはできない――。そうした祈るような想いが、時のアセスメントという政策を生み、役所の無《む》謬《びゅう》性神話に風穴を開けることになった。

構想を具体の形に政策化できたのは、「時代の変化を踏まえた施策の見直し」という説明的な役所言葉を、時のアセスメントという表現に置き換えることで生まれた、まさに〝言葉の力〟だった。

「時」と「アセスメント（事前影響評価）」は、いずれも一般的な言葉だが、〝の〟で結んだ途端に劇的な化学変化が起きた。この政策で影響を受けると直感したある政治家は、言葉自体に苛立ち、「道庁にコピーライターはいらない」と責め立てたものだ。

政策の内容を詳述する紙幅はないが、この取り組みによって、事業の再評価が進み、長年の懸案となっていた「士幌高原道路建設」などの事業が中止された。また、当時の橋本内閣も導入を決断したことで、国の政策に大きな影響を及ぼし、北海道の決断が日本の役所文化に一石を投じることになった。自治体としての新しい〝生き方の提示〟は、地域に生きる者としての矜持でもあった。

当時、この取り組みの意味を理解し、支えてくれた民間出身の元副知事は、私が尊敬してやまない方だったが、退任される際、「一番苦しかったのは〝時のアセスメント〟、でも一番楽しかったのも〝時のアセスメント〟」と述懐された。

時のアセスメントは、一九九七年（平成九）の新語・流行語大賞のトップテンに選ばれた。行政機関が発信した言葉の受賞は、大分県の「一村一品」以来と聞く。表彰式に出席した元副知事は、帰ってきてこう言われた。「女優の黒木瞳は美しかった！」。
その年の流行語大賞は、黒木瞳主演の映画のタイトル「失楽園」だった。

一歩前に出る勇気

エア・ドゥが、道民の翼として新千歳—羽田線に初就航し、一番機が新千歳空港を飛び立ったのは一九九八年（平成十）十二月のこと。その機体には鮮やかに、「試される大地・北海道」の文字が描かれていた。

この「試される大地」は、北海道の新しい方向性を示すために行った北海道キャンペーンのシンボルコピーとして、その年の夏に北海道庁が内外に発信した言葉である。二十一世紀を前に、北海道の新しい生き方や在りようを示す言葉を全国から公募し、わずか二十八日間で六万一千通以上の応募が寄せられた。

倉本聰さんや、雑誌「広告批評」の編集長だった故島森路子さんなどが選考に当たり、六時間に及ぶ論議の末に選ばれたのが「試される大地」だった。選考責任者だった私は、選び抜いたという高揚感と同時に、キャンペーンを進める責任者として、このささくれ立つような言葉を選んだことに、心が微かに揺れたのも事実である。しかし自室に戻り、ソファーに身を沈めること二時間——迷いは消えた。そして、この言葉に初めて遭遇した時の、深く心を射られた感覚を信じて、以来、北海道キャンペーンの深化に想いを尽くした。

虚飾を排し、自ら身を処して時代に向き合おうとする潔《いさぎよ》さを持つこの鋭い言葉に、賛否両論が渦巻くことは明らかだった。予想通り、新聞の読者欄に「〝試される〟は許せない」と、批判の第一号が掲載された。

しかし、「依存意識や安定指向に寄りかかっていては、決して新しい時代の扉は開かない」という姿勢を示すこの言葉への共感は、ゆっくりと拡がっていった。現在と未来の間に横たわる〝試される〟時代——そこに立ち向かう決意をまずは道民が共有し、北海道がその挑戦の舞台となることを願ったのだ。

「試される大地」キャンペーンはその翌年、思いがけなく全日本広告連盟の「全広連広告大賞」を受賞した。松山市での表彰式に出席した私は、こう述べた。「国はもとより他都府県も、決して選ぶことのできない言葉を選び取った北海道には、希望があるのです」と。

初就航した際、機体にはもう一つのフレーズ、「一歩前に出る勇気があれば、きっと何かがはじまる」も描かれていた。それは「試される大地」のサブコピーとして考えたものだが、エア・ドゥの就航に当たって当時の会長が道庁に来訪され、「この言葉は私たちの想いそのもの。ぜひ、機体に刻みたい」と熱く語られ、実現したものだった。それだけに、一番機の機体を眺めながら、深い感慨を覚えたものだ。

あの時、新しい旗を掲げた人たちの一歩前に出る勇気が、新しい時代の扉を開けたことは紛れもない。その後、経営主体も変わり厳しい環境下にあるが、〝試される〟ことに向き合う志高い精神をルーツに持つエア・ドゥの、たゆまぬ努力と奮闘を願っている。

色あせない「試される大地」の時代性

新しい時代に向かう北海道の姿勢を全国に発信したキャッチコピー「試される大地」は、六万通を超える応募作の中から選ばれた。横浜に住む、二十九歳の若者から寄せられたものだった。

他の都府県の美しく形容されたキャッチフレーズがあふれる中、あえてこの言葉を選んだのは、一見、受け身のようでありながら、むしろ身を処して前に進む挑戦の気概に満ちていたからだ。無難さを志向する役所の発想では決して選ばないし、選べない。この言葉を選び取る決断ができたなら、それ自体が変革の時代に真摯に向き合う姿勢や気概を示すことになる——そう感じていた。

そして、表彰式に現れた大都会に住む若者は、私たちが思いもよらない言葉を口にした。

「人が自然と向き合う時に大切なのは、学歴やお金ではなく、今まで何を考え、親から何を学び、友と何を語り、どれだけ人を愛したかではないか。生きてきた本質を北海道の大地によって試され、大地からの無言の言葉を体に刻み込む——。不明確で真実さえも曲げられる世の中で、これほど確かなものはない。北海道は、自分で自分を磨くことのできる大地であり、大地がこれを試してくれるのです」

受け身か否かの次元を超え、彼は「北の大地に佇むと、人としての在りようや度量が問われる、そんな自然は北海道にしかない」と語ったのだ。その言葉に、会場にいた多くの人が心を打たれたに違いない。お金ではあがなうことのできない大地の秘める力――「試される大地」は、若者がその価値を的確に表現した、比類なき言葉だった。

北海道が発信して以来、〝試される〟というフレーズが新聞の見出しを飾るようになった。あれから二十年あまりが経ったが、経済や社会の混乱は続き、〝試される〟の時代性は今も色あせない。民主主義社会の根幹が脅かされることの多い昨今、「ひと」や「こと」「もの」の在りようを問いかけるこの言葉の意義は、色あせるどころか、むしろより深まっているように思えてならない。

あの時、全国にその先駆性を発信した北海道が、今この言葉を後ろ手に隠して語らないのは、あまりに惜しい。もし、この言葉の力に想像力が働かなくなったのなら、人の心を動かす〝力ある言葉〟を発信する感性をも失ってしまったことになりはしないか。

新しい時代の扉を開くために、己を律する姿勢を自らに課した北海道だが、その姿勢と誇りは、信頼に足る自治体、地域であり続けるための大切な資質。分権時代の先陣を担うべき北海道が、自主自律の旗をどう掲げていくのか、その気概と勇気が今なお試され続けている。

北海道がもらった贈物

四十七都道府県の魅力度ランキングといった調査が行われると、「北海道」がトップとなることが多い。そのことは、感覚的に理解はしていた。しかし、津軽海峡の向こうに住む人たちが、北海道に寄せる想いをこれほどまでに具体的な言葉で表現し、北海道の未来への期待を語ってくれるとは、想像もしなかった。

二十一世紀を目前に控えた一九九八年（平成十）、道の政策室（当時）は、新世紀に向けて北海道が拠って立つ姿勢や方向性を指し示す〝言葉〟を、全国から公募した。その時、六万通あまりの応募作から北海道が選び取り、世界に発信した言葉が、「試される大地」だった。賛否両論の渦を巻き起こしながらも、そのフレーズは新しい時代に向かう北海道の深い決意、矜持を示す〝時代に刻まれる言葉〟となり、その年の全日本広告連盟「全広連広告大賞」を受賞することになった（一二八頁「一歩前に出る勇気」参照）。

わずか二十八日間で六万一千五十四篇もの応募が寄せられたことにも驚かされたが、応募はがきや封書に添えられていた北海道を想う「添え書き」の数々にも、深く心を打たれた。それを読むだけで、北海道に生まれ育った者としては胸が熱くなったものだ。

あまりに身近すぎて、顧みることのなかった北の大地が秘めるもの――。そうした潜在力を、寄せられた言葉の数々が気づかせてくれた。その感動に突き動かされ、予定外のことだったが、それらの添え書きを一冊の本にまとめることにした。

編さんした本の書名は、『夢の宛て先——北海道がもらった贈物』（中西出版、一九九九）。あれからいくつもの季節がめぐったが、寄せられた数々の言葉が持つ輝きは、今も失われていない。北に暮らす者がこの地に根ざして生きる上で、もう一度反芻してみたい〝希望の言葉〟たち。ここでは、そのいくつかの再録を試みたい。

・小学校のときに、小学生だけの北海道ツアーがあって、そのプランには地球が丸いことがわかる場所に行けるとあったので、すごく行きたかったんです。（茨城県ひたちなか市・Nさん）

・北海道へ行きたい時、なぜか母に逢いに行くようなそんな気持がする。何もかざらず、気をはる事もなく、裸の自分でも最低の自分でも受け入れてくれそうな、自然。（兵庫県伊丹市・Iさん）

・何をやっても何から始めても許されそうな大きさを北海道に感じています。北海道に行ったら新しい自分を見つけられそう……。（群馬県佐波郡・Aさん）

・北海道のない日本なんて考えただけで息がつまりそう。逆に北海道を思うだけで、心に夢とロマンが浮かび胸が熱くなる。北海道とはそんなところです。（埼玉県久喜市・Oさん）

・今、私たちは時間に追われてせかせかした毎日を送っています。北海道の夕日は、ゆっくりみんなの一日を確かめてから沈むような気がします。（山口県萩市・Nさん）
・日本の中で一番、自由。空が、笑っているよ、北海道は。（岡山県総社市・Yさん）
・上手に生きていくために少しずつ手放してきてしまったものを、取り戻すことのできる街、北海道。（東京都世田谷区・Fさん）
・北海道は神に守られているような、神が遊んでいるような土地というような気がします。（千葉県松戸市・Tさん）
・住みたいではなく、生きたいと思える場所。それは、生命が豊かだからだと思います。（京都府京都市左京区・Fさん）
・県じゃなくて府じゃなくて都じゃなくて「道」。素敵な場所だと思いませんか。（神奈川県横浜市港北区・Oさん）
・大学卒業時、社会に出る不安を抱え北海道旅行をしました。その時、空を見上げ、海を見つめ、街のあかりを見つめ、「何とかなる！」と勇気をもらいました。（岡山県倉敷市・Mさん）
・この夏僕は東京のうだるような暑さから解放されるために北海道に一人で旅に出た。でも得たものは涼しさだけではなかった。（東京都三鷹市・Nさん）
・夢を忘れちゃいけない、勇気と優しさを持ち続けなきゃいけない。そんなことを北海道

はいつも教えてくれる。（東京都目黒区・Nさん）
・北海道の広大な大地、新しいものを受け入れてきた開拓者達の清新な魂が、訪れた私の心を大きく清々しいものにしてくれた。（大阪府東大阪市・Oさん）
・あの広いずっと曲がらずに進む道路がすごいです。前進あるのみ、みたいな道でした。（静岡県三島市・Iさん）
・もし、人生に行き詰まったら、北海道から第二の人生を始めたい。そう思わせるエネルギーが北海道にあるのだ。（神奈川県平塚市・Tさん）
・観る、聴く、嗅ぐ、触る、味わう。そして人のエネルギー。北海道はまさに五感大陸と呼ぶにふさわしい大地だ。（神奈川県川崎市幸区・Kさん）
・「北海道のような人」ってどんな人だろう。大らか・純朴・力強さ・優しさ・希望を持っている人・あきらめない人……北海道みたいな人を僕は絶対に応援したい。（東京都日野市・Sさん）
・北海道で生まれました。内地でくらすようになったとき、「北海道は地平線が見えるんだってねー」と言われてハッとしました。どこでも地平線は見えると思っていたので。（宮城県仙台市青葉区・Mさん）
・北海道に旅行にいって思いました。日本で、自然の方がいばってる！って思わせる最後の土地。（東京都練馬区・Sさん）

・北海道には何でもある何でもできそう。そう、あなたが始めれば……。（東京都練馬区・Kさん）

・あわてすぎた経済優先の未練が二十世紀なら、ゆったりとした北海道の歩みこそ二十一世紀の理想ではなかろうか。（東京都港区・Mさん）

・既成概念、常識、従来の価値観だけにとらわれることなく、これまで生きてきた中で身にまとってきた様々なものをいったんぬぎすて、新しい時代に向かっていこう。（東京都杉並区・Hさん）

・自分の速さで歩く。立ち止まる勇気を持つ。ゆっくりと、でもじっくりと生きる。そんなお手本を日本に先がけて北海道にみせてほしいものです。（東京都練馬区・Mさん）

・北海道は本当に不思議な大地です。訪ねて帰ってくると、また行きたくなります。私の五十二年間の人生の中で、あんなに感動した風景を次から次と見られる土地を知りません。（福島県郡山市・Kさん）

・二年前に家族旅行した時、長男がここは、二十一世紀の町だねと言った言葉が忘れられない。（埼玉県比企郡・Sさん）

・長男の二十歳の折、このまま親元に居ると駄目になってしまうと札幌へ。北海道の風土に育てられて、生き返り全く別人になった息子に、親は涙を流し北海道に手を合わせました。（東京都大田区・Sさん）

・娘が十歳の時、はじめて北海道一周旅行しました。そのとき娘は「帰りたくない」「絶対に北海道で暮らす」と言いました。（鳥取県鳥取市・Yさん）

・昨年夏に四人で一週間の家族旅行に行きました。中学生になって、ちょっとツッパリだした長男は初めはふてったような歩きかたでしたが、旅行が終わる頃には小学生のときのように笑い、父親と話すようになっていました。（神奈川県平塚市・Kさん）

・この夏、道北を一週間まわりました。訪れた漁村や牧場での人々の営みを見て、「観光客、来て下さい」ではなく「来るの？ 来ていいよ。でも不便だよ、何もないよ」。そのスタンスが北海道の魅力だと思いました。（広島県山県郡・Iさん）

多様性に満ちた大地・北海道だけに、心寄せる人たちの想いもまた多彩で、この地で日常を過ごす私たちにとって、応募作品に添えられた〝言葉たち〟の持つ響きは、今なお新鮮だ。こんなにも想い焦がれられる大地に、私たちは住んでいるのか――。『夢の宛て先』のページをめくるたびに、そんな想いが込み上げてくる。

北海道の大地を旅し、その広大さに感嘆の声を上げる人は少なくない。かつては、その広さを「東北六県プラス新潟県」と表現したものだが、最近では「四十七都道府県の面積の少ない方から数えて、二十二県分を合わせた面積」と表すことも多くなっている。

「北海道」に入庁したばかりの頃、生活保護のケースワーカーとして、十勝管内の足寄町を担当したことがある。町内に点在する家を訪問するのだが、「何処まで行っても足寄町！」を実感し、道内屈指のその広さに驚嘆。後日、足寄町は香川県にほぼ匹敵する面積と知り、なるほどと納得したものだ。

　と同時に、それほどの広さを有しながら、海に囲まれた一つの島国としての統合性、一体性を持ち合わせていることも、この大地の魅力を高めている要素の一つといえるだろう。

　かつて生活文化行政を担当していた折、行政の文化化を目ざして「北海道庁基本デザイン」の策定に取り組んだことがある。その一環で作った大型封筒を、神奈川県職員から北大の教授に転身していたMさんに手渡した時のこと。その封筒を手にしたMさんは、心底驚いた表情を私に見せた。それは、封筒の表に印刷された「北海道」の英語表記が〝HOKKAIDO GOVERNMENT（政府）〟となっていたからだ。

　神奈川県庁の表記といえば、昔から〝KANAGAWA PREFECTURAL OFFICE（県庁）〟だった。道庁入庁以来、ガヴァメント表記に慣れ親しんでいた私には、北大教授の〝驚き〟こそが驚きだった。こうした「地域政府」と表記して憚らない自治体としての意識も、この島が持つ大切なアドバンテージといえる。

　身近にあり過ぎてあまり自覚されていない、北海道が秘めるものに想いをめぐらせ、少しずつ、ゆっくりと、その可能性を具体化していくこと。そして、その積み重ねを通して、暮らしの場としての価値やこの地に対する誇りを高め、次世代に引き継いでいくこと。それこそが、北海道で今を生きる私たちが果たすべき役割なのではないか。

以前、道が季刊の生活情報誌「北海道暮らし」を発行した際、責任者だった私は、そのコンセプトを「さがしものは、北海道にありそうです」とした。その想いは、今も変わらない。

この大地に育てられた幸せに感謝しながら、これからも私なりの役割をこの地で果たしていきたいと心している。

北海道スタンダードが拓く北の希望

一瞬、映画の一場面かと錯覚するほど異様な映像が、ニューヨークから流れてきたのは、二〇〇一年（平成十三）九月十一日。同時多発テロという衝撃的ニュースだった。同じ日、北海道ではもう一つの衝撃的事実が発覚していた。

前日の十日、千葉県で狂牛病（ＢＳＥ）の牛が発見され、日本は初めて「狂牛病汚染国」となったのだ。さらに翌日の十一日には、その牛が北海道佐呂間町生まれであることが判明する。予想もしなかった事態に、北海道はもとより日本中が不安に凍りつく事態となった。そして、一次産業分野には縁遠かった私が、その日のうちに「北海道狂牛病対策本部長」に就くことになる。思いもよらないことだった。

英国で多発していた、いわゆる「へたり牛」のショッキングな映像が連日テレビで流され、食の安全・安心への不安感は頂点に達していた。そうした状況の中で取り組むことになった知られざる狂牛病との戦いは、何もかもが手探り状態で対応は困難をきわめた。

流通する牛肉の信頼を取り戻すための最大のカギ（課題）は、出荷する牛のすべてをチェックする「全頭検査」に踏み込めるかどうか、だった。しかし国の方針は、生後「三十か月未満の牛は検査を要しない」と頑なだった。しかも、三十か月以上を検査するとしても、「〝灰色〟をあぶり出し、二次検査に回すための一次検査の結果は、風評被害の恐れがあるので公表すべきでない」というのが、畜産業界などをバックとする政治家の強い意向だった。

不安感を払拭するためには、「全頭を検査し、結果も全面公開」すべきとする北海道の方針は、国や業界筋から強い指弾を受け、政治家からも今ではとても考えられない口撃を受けた。「お前たちは、生産者の方を向いているのか、消費者の方を向いているのか」。

これに対して、「消費者を守ることと、生産者を守ることは対立する概念ではない。消費者を守ることは、生産者を守ることでもある」と反論し、当初の方針を曲げることはなかった。

全頭検査の導入という北海道独自の方針は、専門知識を積み上げた緻密なデータに基づく決断だったわけではない。

「〝三十か月以上の牛は検査するが、生後二十九か月と二十九日までの牛は検査を要しない〟という国の方針に従ったとしたなら、私はその「一日の違い」で検査を行わない理由を道民に説明できない。狂牛病対策本部長が説明出来ないものを、北海道のスタンダードとすることは出

来ない――」

　これが私の考えだった。

　しかし国は、何としても自らの方針に従うようにと、強硬な姿勢を崩さなかった。

　ある日、食品衛生担当部局の責任者が、「国の方針の根拠を説明するペーパーが送られてきました。国と同一歩調を取るようにと求められました」と一枚のＡ４文書を示した。そのペーパーには大要、次のような文言が記されていた。

「世界的に見て、これまで、三十六か月以下の牛から異常プリオンの蓄積が見られたことはない。また三十か月以下の牛が狂牛病とされたことは、ほとんどない」（これは当時、異常プリオンの蓄積が狂牛病の要因ではないかと論じられていたことによる）。

　通常の状況ならば、確かに「これまでない」「ほとんどない」は、「全頭検査は必要なし」という政策判断の根拠として十分な状況証拠足りえただろう。しかし、日本中が不安の渦の中にあるとき、常識に従って判断するだけでその危機を乗り切れるものではない。

　私は、その担当責任者にこう伝えた。

「通常なら、あなたの持参したこの一枚のペーパーが、全頭検査にまで踏み込む必要はないという根拠になる。しかし、世の中の不安感が頂点に達している今、たとえ無駄に見えることであっても、全力で事態と向き合う姿勢を示すことが、市民・道民に信頼を寄せてもらう上で最も大切なことではないか。もし、国の方針に従ったとして、万が一、三十か月未満の牛が狂牛病を発症することがあったなら、私たちは役人感覚でこの一枚のペーパーを示し、「国の方針に従いました！」と抗弁するに違いないだろう。

しかし、地域に生き、地域社会に責務を負うべき行政マンとして、果たしてそれで良いのか。懸命に、真正面から向き合っている姿を示していくべきではないのか。〝これまで〟と〝ほとんど〟は、過去を証明はするが、未来までは保証してくれない。私を説得しようと持ってきたこの一枚のペーパーは、むしろ全頭検査に踏み込む根拠たり得《う》る。酪農そして畜産王国を守るために、われわれは一線を越えよう――」

振り返ってみると、それは日本初となる全頭検査の導入が決まった瞬間だった。

北海道が揺るぎない決意を固めたことを契機に、国も最終的には全頭検査の実施を決め、二〇〇一年十月十八日、全国で一斉に全頭検査がスタートした。そして二〇〇三年に狂牛病と確認された八頭目、九頭目の牛は、国が「これまでない」「ほとんどない」と言っていた生後二十三か月と二十一か月の牛だった。その時、国は「ＥＵ基準を上回る日本の全頭検査の勝利」として、危機対応の確かさを世界に向けて披瀝していたものだ。

全頭検査が始まって数か月後、釧路管内音別町で四頭目の狂牛病牛が発見され、再び衝撃が走った。検査を担当した釧路保健所の若い女性獣医が、「狂牛病を発見してしまった」ことを苦に自ら死を選んだのだ。当時の北海道が、社会全体を揺るがす凄まじい状況下に置かれていたことを物語る、悲しい出来事だった。

加えて狂牛病牛を飼育していた音別の酪農家が、テレビニュースで「わが家から狂牛病を出してしまい、酪農家仲間に申し訳ない」と発言したことも、対策本部長を務める私にとっては、切なく辛いことだった。一頭目の発見とともに狂牛病対策本部長に就いた私は、酪農畜産王国・北海道として、知られざる病《やまい》・狂牛病としっかり向き合うことを基本方針にすると決めていた。

しかし、その方針が徹底されていない現実を酪農家の発言から突き付けられた私は、改めてその決意を内外に伝えるべく、以下のような対応をとった。それは北海道として、酪農家仲間や周辺住民から白い目を向けられているであろう音別町の酪農家に、感謝状と原因究明協力金として、わずかではあるが百万円を贈呈することにしたのだ。

未だ知られざる狂牛病究明のために、「あなたは貴重な症例を提供してくれた」「日本の科学技術進展のために貢献してくれてありがとう」という想いを込めた対応だった。その対応を見て、唯一、日本農業新聞がその社説で「北海道の、狂牛病に正面から立ち向かおうとするその姿勢と思考の転換に敬意を払う」と報道してくれたのは、うれしく、ありがたいことだった。

感謝の想いは、釧路保健所の若い女性獣医に対するものでもあった。亡くなられてから二年後、その死が「公務災害」と認定されたことで、少しだけ心安んじたものだ。

狂牛病汚染国となったことで、国内の牛肉流通は大きな打撃を受け、日本中が不安の渦に巻き込まれた。しかし、一貫して消費者の視点に立って対応した北海道独自の姿勢こそが、行政機関への信頼の崩壊を防ぐ最大の切り札となった。

教科書のない事態への対応を通して、北海道の選択が日本のスタンダードを創出することに至った経緯は、これからの北海道が向かうべき方向性を考える上で、示唆に富む。

経済的には、なおも厳しい状況が続くに違いない北海道。しかし、独自の生き方を提示することで、次代の地域発展に向けた新たな基軸を築くことが出来るとしたら、この北の島の遥かなる未来に希望の陽が立ち昇るに違いない。

独自の発想で日本のリードオフマンに

組織人として特段の資質を持ち合わせていたわけでもない私は、かつて行政機関にあった時、多くの場合は無難な選択をし、常識的な〝判断〟をしてきたことも少なくなかったはずだ。しかし、北海道の根幹を揺るがす困難な課題に直面した時、この大地に生まれ育った北海道人としての感覚を信じ、嫌われることの多い〝決断〟をしてきたように思う。

二〇〇一年（平成十三）九月、わが国で初めて狂牛病が確認され、日本中に衝撃が走った。その牛が北海道の佐呂間町生まれだったことから、北海道は激震の中心地となっていく。消費者が不安に怯える中、牛肉流通の信頼を回復するための最大のカギが、出荷牛のすべてを検査するか否かにあった。

国は、世界各地のこれまでの発症例を引き合いに、検査は「三十か月齢以上」に限り、その結果も、一次検査については「公表しない」との方針を打ち出す。それは、農業団体の強い意向でもあった。しかし北海道は、激烈な反発を受けながらも、これまでないからといって未来までは保証しないとの観点から、「全頭検査」を導入し、検査結果も全面的に公表することを決断。後日、その方針が日本全体の標準となる道を開くことになった。

その数か月後、二十一か月と二十三か月の牛が、狂牛病であると判明。国はその時、「ＥＵ基準を上回る日本の「全頭検査」の勝利」と、世界に発信した。

その一方で切なく思い出すのは、四頭目が音別町で確認された時、検査を担当した釧路保健所の若い女性獣医Ｈさんのこと。自らの検査結果が招いた事態に思い悩んだ末、自死するという痛ましい結果となった。葬儀が終わり、改めて悲しみの中にあるであろう頃、九州・鹿児島の指宿《いぶすき》市にある実家をお訪ねした。

Ｈさんの母上が最初に言われたのは、「もっといい加減に仕事をしてくれたらよかったのに……」という言葉だった。そして、遠路の訪問を気遣われながら、「わが家の子どもは、北に憧れて娘も長男も北海道に行ってしまいました」と言われた。私はそう話された母上に、「これからも憧れに足る北海道であるために力を尽くします」と申し上げ、指宿をあとにした。その約束の言葉が、その後、行政マンとしていくつもの岐路に立った時、私の決断を支える想いの根幹ともなった。

予期せぬ事態と向き合う中で北海道が取り組み、のちに日本のスタンダードとなった「全頭検査」と「一次検査の公表」。その決断こそが、日本を揺るがした狂牛病汚染国の危機を収束させることになった。

長く中央に依存してきた北海道だが、その呪縛に囚われない独自の発想を発信し、日本の在りようを先導するリードオフマンの役割を果たすことができれば、ヨーロッパの一国にも匹敵する、ローカルとしての誇りを高めていけるのではないか。そうした勇気と気概を持ってこそ、単なる観光立国ではない〝暮らしの王国〟を、この地に築くことができるはずだ。

農業に春（ＨＡＬ）を呼ぶ

それまで農業の世界に関わる機会のなかった私が、二〇〇一年（平成十三）、日本初の狂牛病発生を機に、北海道におけるその「対策本部長」の責務を担うことになったのは、不思議な巡り合わせだったというほかない。

しかし、一次産業には無縁だった〝しがらみ〟のなさが、狂牛病対策に取り組む際の、猛烈な風圧やさまざまな不協和音を乗り越える力を私に授けてくれた。と同時に、その危機的な事態に向き合う私の姿勢を、遠くから見ていてくれた人の存在が、その後の人生の道筋を拓いてくれる契機ともなった。

その意味では、狂牛病対策の最前線に立つという、誰もが引き受けたくない厄介な役回りとのめぐり合わせは、振り返って見ればまさに「禍福は糾《あざな》える縄の如し」を地でいくものだったと、今は感じている。

その後、行政の世界を離れて一年ほど経った頃、「是非に」とのお誘いをいただき、私は農業経営の法人化を支援する組織の創設に関わることになった。それが、正式名称・財団法人北海道農業企業化研究所である。農業の〝キギョウカ〟を目ざすと説明しても、企業家あるいは起業家、はたまた企画化と宛名に記されたはがきや封書が届くことも少なくなかった。

とりわけ北海道の場合、農業に携わる者のほとんどが、農協の仕組みに〝全員集合〟する時代だった。それだけに、農協組織の上層部から見れば、苦々しく、眉をひそめるような動きに見えたに違いない。しかし時代は変わり、今や農協を統括する組織内にすら「法人支援課」といった部署が堂々と存在する時代になった。

北海道農業企業化研究所の立ち上げに際して、英語表記を考えることになった。「Hokkaido Agricultural Institute」という提案があったが、私はInstituteを「Laboratory」に変えることにした。農業者はもとより道民の皆さんにも、親しみを込めて「ＨＡＬ（ハル）財団」と呼んでもらいたかったからだ。

創設から十五年あまりがたったＨＡＬ財団は現在、安定した農産物流通システムの確立と農業経営の発展を目ざし、道内の意欲的な農業者をメンバーに「ＨＡＬ認証農産物協議会」を結成し、独自の活動に取り組んでいる。今注目されるグローバルＧＡＰ（安全で持続的な農業）認証についても、グループ認証としては日本トップの参加農家数を数えるまでになった。

また、設立当初から続く、北海道農業の発展に貢献・功績をあげた個人や法人を表彰する「ＨＡＬ農業賞」は、毎年表彰を継続する農業賞としては北海道唯一のもので、間もなく十五回目を迎える。

近年は、一世紀近くにわたって農業人材の育成に貢献してきた札幌市の学校法人八紘《はっこう》学園や、〝岩農《がんのう》〟の名で親しまれる道立岩見沢農業高校にも特別賞をお贈りし、関係者はその予期せぬ受賞を喜んでくださった。そうした反応を見るにつけ、表彰を継続してきた私たちの方が、逆に励まされたと感じることも少なくない。

国土の二十二パーセントを占めるこの山紫水明な北の大地は、ここで生きると思い定めた人たちにとって、かけがえのない宝の島である。そして、この広漠たる大地に開拓の鍬を入れ、艱難辛苦に耐えながら北の地力を高めてきた農業こそ、北海道の命運を左右する産業であることは、昔も今も変わりない。

その担い手である農業者の、明日への意欲と誇りを育んでいくためにも、ＨＡＬ財団創設の気概を胸に、これからも自主自律の取り組みを続けていきたいと心している。

北海道農業に春（ＨＡＬ）を呼ぶために……。

生きることは、伝えていくこと

「人間には直視できないものが二つある。一つは真夏の輝く太陽、もう一つは愛する者の死。私にとって愛する者は家族であり、北海道農業だ」

そう語ったのは、「野菜博士」として親しまれながら、二〇〇五年（平成十七）春に亡くなられた相馬 暁《さとる》さんである。相馬さんは、道立中央農業試験場長などを経て、二〇〇〇年に拓殖大学道短大へ転じ、愛する北海道農業のために〝渾身の力〟を注いだ。

渾身の力は、単なる形容詞ではない。相馬さんの想いが形になり始めた矢先の二〇〇三年七月、すい臓ガンで余命二百四十日の宣告を受けることになった。しかし相馬さんは、抗がん剤を腰にぶら下げながら各地に赴き、農業者が経営者としてあることの大切さを熱く語り続けた。

それは壮絶というより、美しい光景だったと私には思えてならない。愛する者との別れが迫る心の内は、大きく揺れていたはずだ。それでも相馬さんの講演はユーモアにあふれ、聴く人の心を新しい農の世界へ誘《いざな》うものだった。

相馬さんが中央農試時代に提唱した環境と調和した農業、いわゆる「クリーン農業」は、今や北海道農業のスタンダードになった。相馬さんは、農産物の品質にいち早く着目し、その視点に立った先駆的な栽培・研究に取り組むだけでなく、消費拡大にも奔走。そして何より特筆すべきは、農業の道を志す新規就農者の支援や農業者の自立に精力を傾けたことだ。

　余命宣告後に書き上げた著書『２０２０年　農業が輝く』（北海道新聞社、二〇〇四）の中で、相馬さんは「農業の時代がやってくる。その時ススキノで一番モテるのは農業者だ！」と記した。相馬さんのその熱い叫びに心励まされた若い農業者は、決して少なくない。

　相馬さんが命の火を燃やし、全身で語り続けた北海道農業のあるべき方向――。私が北海道庁を離れて最初に取り組んだのは、限られた時間の中で、相馬さんの講演を映像として未来に残すことだった。それは農業を志す人たちにとって、永遠のバイブルになると考えたからだ。六時間に及ぶ映像は、北海道農業に寄せる相馬さんのほとばしるような情熱を伝えてくれる。

　相馬さんが教えてくれたのは、生きるとは伝えていく営みなのだということ。そして相馬さんは、「伝えていくこと」に渾身の力をふり絞った。私も含め世の人たちが、「生きること」の意味に気づくことが出来たなら、この殺伐とした時代に、人と人を繋ぐやさしい空気が少しは蘇るのではないか――。

　相馬さんが亡くなられて十年以上が経った今、改めてそう思いながら、近い将来、北海道農業に心寄せる人たちとともに、映像に残る相馬さんを講師に迎えた〝講演会〟を企画したいと夢見ている。

2　行政マンの気概

哀しみに心揺れるとき、人は北に針路をとる

最近、「失恋にフィリピンが効く。」という、フィリピン政府観光省のコマーシャルに出会ったが、私は昔から「失恋した時、人は北に向かう」と言い続けてきた。

恋を失って失意にある時、人は、太陽の燦々と輝く南の国には向かわない――。感覚的な思い込みといえばそうなのだが、ほぼ真実だろうと信じている。そうでなければ、「北へ帰る人の群れは誰も無口……」であるはずがない。

遥かに遠くなってしまったが、東京での学生時代、北に向かって帰省する時の交通手段は、もちろん飛行機ではなく上野発の夜行列車だった。一年生の夏、友人と二人でホームに三時間も並び、ようやく四人掛けの席に座れた私たちは、ホッとして自分たちで作った握り飯を頬張っ

た。その握りの大きさに、隣の女性が思わずクスッと声を上げたのがきっかけで、七、八歳も年上と思われるその女性との会話が弾んだ。

深夜、青函連絡船でも隣り合ったその女性は、「ちょっと手伝ってもらえる?」と言って私を甲板に誘った。大きなバッグから取り出したのは、手紙の束や小さな箱。「これ捨てて……」、そう指示されて、私は言われるがまま、女性の〝過去〟を漆黒の海に捨てる手伝いをすることになった。都会の洗練さを漂わせるその人は、田舎出の若者には眩しいばかりだったが、女性は恋に破れ、失意の旅の途中だった。

後年、この体験を思い出すたびに心をよぎるのは、函館駅のホームで別れたあの女性は、この北の国で心を癒してくれたろうか、ということだった。同時に、哀しみに心揺れる季節に、女性が旅の先として選んでくれた北の国は、実は〝希望〟の大地なのではないか、そう思い返したのだ。

恋に揺れる季節はたとえ何歳であろうと、純粋無垢に心のひだを揺らす季節。その素直な心が北に針路をとるのは、心を和ませる何かがあるからではないか。何より、ひとつの恋の終わりは、実は新たな旅の始まり。新たな出発の地として選ばれた北の国は、前を向く力を沸き立たせてくれる場所であり、漆黒の海の向こうには、新しい明日が待っている……。

そう信じながら、私は道庁マンとしての三十数年、〝誰も無口〟にはさせない新しい北の歌をつくろう、と心してきた。中央発のお仕着せではない、北海道ならではの独自の調べが、この地の誇りを高めると信じたからだ。

連絡船はとっくに廃止され、新幹線が函館に到達する時代。スピードを上げ、一目散に目的地を目ざしてひた走る現代ではあり得ない、お伽話のようなあの日の情景――。晩秋の藻岩山を窓越しに眺めながら、北海道の価値のひとつを気づかせてくれた、遠い日の一コマを思い出している。

映画「柳川堀割物語」に学ぶ地域再生

「心を動かす曲は、みんなの〝総意〟で作っては絶対NG。賛否両論OK。〝否〟が九割でも、信念をもって作ることで、良い作品が生まれる」。作詞家阿久悠と組み、多くのヒット曲を送り出した音楽プロデューサー、飯田久彦さんの言葉だ。

分野を問わず、地域や時代に刻まれる新しい発想や取り組みは、多数派ではなく、既存の権威に縛られず孤立も恐れない少数派の良心と信念から生まれることが多い。そうした一例をドキュメントとして描いたのが、映画「柳川堀割物語」（監督・高畑勲、一九八七）だった。舞台は、北原白秋の故郷・福岡県柳川市。〝水郷柳川〟と呼ばれ、水路である堀割が街を縦横につなぐ。堀割を巡る「どんこ舟」からの眺めは、水郷ならではの風情があり、水辺散策の観光客も絶えない。

そうした現在の情景からは、一九七〇年代の高度成長期、堀割にゴミがあふれ、見るも無残な状況だったことなど想像もつかない。ヘドロで埋まった堀割には、ハエや蚊が大量に発生し、悪臭が街を覆うようになり、〝ブン蚊《か》都市〟と揶揄されるほどだった。その結果、市民や市議会の大多数が賛成し、国庫補助事業で堀割を全面的に埋め立てることになった。それは、ごく自然な流れだったといえる。

しかし、それに異議を唱えたのが、都市下水路係長に発令された、今は亡き広松伝《つたえ》さんだった。柳川の風土と歴史を知り尽した広松さんは、「堀割を埋めては柳川が水没する」と市長に直訴。まさに、たった一人の反乱だった。

市長から六か月の猶予を得た広松さんは、渾身の力で「柳川再生計画」を立案。その情緒的ではない、科学的論証を踏まえた計画案に心動かされた市長は、国庫補助事業の返上を決断し、対話を重ねた市民もまた、堀割に堆積したゴミを自らの手で除去する活動に立ち上がったのである。市民は、コンクリートで臭い物に蓋をする道ではなく、水との〝煩わしい関係〟を取り戻す道を選択したのだ。

民主主義は多数決がすべてというなら、市議会や市民の大半が賛成した埋め立ては、何ら指弾を受けない正しい選択といえる。その正しさはしかし、今日の美しい水郷柳川への道を閉ざす、未来から指弾される選択になったはずだ。多数決が謙虚であるべきなのは、それが、その時々の当面の多数派に過ぎないからなのだ。強者にひれ伏すことで生まれた多数派が、時として痛恨の過ちを犯すことを歴史は教えている。

札幌で一度お会いした広松さんは、笑顔のたえない穏やかな方だった。未来に恥じない選択のために、孤立を恐れなかった信念の人。そして、その洞察力と英知に、やがて心開いた柔らかな発想を持つ市民の力。

まちづくりに関わる行政マンや市民にとって、「柳川堀割物語」が伝える地域再生の道のりは、時を経てもなお色あせることはない。

第三の故郷として選ばれるまちに

中島みゆきの「時代」は、多くの人に勇気を与えた名曲。その中にこんなフレーズがある。「旅を続ける人々は／いつか故郷に出逢う日を（中略）きっと信じてドアを出る」

生まれた生命は、いずれ親元を巣立ち、自立への道を踏み出す。そして人が、喜びや悲しみをかさねながら旅路の向こうに目ざすのは、心の居場所と言いかえても良い故郷。人によって、それは生まれた場所に再び帰ることでもあるが、いずれにしても、人がドアを開けて旅に出るのは、生きる力を湧き立たせてくれるものとの出逢いを求めてのことだろう。

歌詞は「今日は倒れた旅人たちも／生まれ変わって歩きだすよ」と続くのだが、旅人に再び歩きだすエネルギーをくれる故郷は、家や職場とは違う、いわばサードプレイス。転校や転勤で偶然に遭遇した第二の故郷というより、自らの自由な意思で選びとった〝第三の故郷〟とでもいうべきものだ。

それは今流行りの、自治体が用意した地域の特産品に惹かれて選ばれる〝ふるさと〟とは、似て非なるもの。「ふるさと納税」の目ざした趣旨とはかけ離れたところで、奇妙な競争が行われている状況に、違和感を覚える人も少なくないはずだ。生まれ故郷への応援だけでなく、地域の持つ歴史や文化に心惹かれ、取り組む政策や姿勢にエールを贈るはずのものが、今や返礼品競争の様相を呈しているのは、あまりに直截的に過ぎる。

かつて北海道最北端のまちで、地元の空港に降り立った観光客に、五千円相当のカニを振る舞う取り組みが行われたことがある。出足は良かったものの、予算が細り、カニの身も細くなった途端、哀しい様相を呈したと聞いた。「金の切れ目が……」という類の話だが、返礼品競争のただ中にいる自治体が、この話を笑えるものかどうか。

ふるさと納税額道内首位を誇るまちが、全国順位を落としたことを伝える新聞記事に、「返礼品の肉製品の生産能力が限界に近く、寄付を増やすのは困難な状況」とあった。本来選ばれるべきはものではなく、地域としての魅力や姿勢であるべきだろう。カタログショッピングのような発想で寄付者を増やしても、果たして自治体の力量を高めることにつながるものだろうか。

人口減少が進む中で、交流人口（地域外からの旅行者や短期滞在者）や関係人口（移住者や観光客でない、地域と関わる人々）もむろん大切だが、見返りともいえる返礼品の品定めで納税額が左右されるのは本末転倒。百歩譲って、たとえものが契機だったとしても、その縁を通して地域への共感が湧き立ち、ものの切れ目が縁の切れ目にならないだけの魅力をたたえるまちであってほしい。

それこそが、第三の故郷として選ばれるに足る、矜持ある自治体というものではないか。

光に願い託した点灯虫作戦

常識に寄りかからない発想が新機軸を生み、地域の個性を際立たせることがある。もう二十年以上も前のことになるが、函館から始まった〝てんとう虫〟をシンボルにした交通安全運動は、マンネリ化していた活動の新たな展開として、一気に注目されることになった。

当時の北海道は、交通事故死者が年間五百人を越え、愛知県とともに厳しい状況となっていた。啓発活動も新しい切り口を見つけられず、「交通安全」の文字を染め抜いた旗とティシュを持った人々が道端に並ぶスタイルが、安全運動の見慣れた光景だった。担当部署を所管することになった私も、そのたびに沿道に立つのだが、単にスケジュールをこなしているだけのような虚しさが、ひとしきり込み上げるのだった。

その思いをバネに、ライトは夜に点けるものという常識を超えて発想したのが、朝も昼も、車を運転する時はいつもライトを点灯しようという取り組みだった。名づけて「てんとう（点灯）虫作戦」、込めた想いはこうだ。

たとえば、免許更新時の講習で啓発を受け、安全への意識を高めたとしても、講習を終えたあとにその想いを表現する術がない。ならば、安全への願いをライトに託し、すれ違うドライバーや歩行者との光の対話を通して、その輪を広めてはどうだろう。そして、想いの込められたライトを灯す車が、たとえ五十台に一台でも街を行き交うとしたなら……。

函館市民には、「駅に降り立った旅人が、「この街は、いやにライトの消し忘れが多いな」と思ってくれたらシメたもの。数か月後、あれは消し忘れではなく、安全を願う市民の心の灯火《ともしび》だったと気づいてくれたなら、街のイメージも大きく変わるに違いない」とお話しした。

この取り組みに対して、対向車にパッシングされる、バッテリーが上がる、という声に加え、ある大学教授は、「市民に負荷をかける以上、効果を検証したものでなければ」と論評した。しかし、そもそも〝点灯虫〟は、効果の有無に重きを置いたわけではなく、マンネリ化した運動に新しい切り口を、という切なる願いから生まれたものだった。

その大学教授に、私はこう伝えた。「これまで、旗を振り、ティシュを配ることが効果的だと検証したことは一度もないのですが……」と。

新たな装置を必要とせず、その切り口の新鮮さから広がった運動は、先導した道庁の情熱が衰えたのちも、通信会社や運送会社などが継続し、自主的な取り組みとしてライトを点灯し続けた。さらにその後、北欧の国ノルウェーが、この昼間点灯を法律化したというニュースを目にし、驚いたことを覚えている。

十数年前から始まった「デイ・ライト運動」は、〝光に願いを託す〟という原点の理念が稀薄ながら、「点灯虫」が灯した光がルーツであることはまぎれもない。常識の殻を破る勇気が独創的な発想を呼び覚まし、地域の魅力を深めていく、それが地域の個性をつくる要諦の一つであることは、昔も今も変わりがない。

行政マンの気概

まちづくりの主役は、いうまでもなく市民だが、市民の負託を受けた行政マンの役割もまた、決して小さくはない。地域の独自性を発信し、その地を訪れてみたいと思わせる自治体には、時代感覚に優れ、挑戦する心を失わない行政マンが存在し、陰に日向に汗を流しているものだ。

行政機関には、石橋をたたいても渡らないという体質が少なからずある。慎重さは大切だが、身についたその体質は、往々にして必要なことや求められていることに迅速に対応せず、時には手を抜くことにもなりかねない。

人も組織も、危ない橋は渡りたがらないものではある。しかし、その意識が昂じると、批判を避けるために足して二で割る選択をしたり、対処の遅れを「公平を期すため慎重に」と説明したり、時にはバランスを重んじるあまり、何もしないのが公平という独自の論理をかざすこともある。そこが〝役所文化〟と称される所以《ゆえん》だが、無難さを指向するだけでは、まちの新たな魅力の種を蒔き、次代に繋がる新しいスタンダードを創造していくことなど到底出来ないだろう。

お役所仕事という言葉は、役所の論理で行動する行政マンや組織の仕事ぶりを揶揄したものだが、黒澤明監督の名作「生きる」（一九五二）は、何もしないのが仕事だった市役所市民課長が主人公だった。余命宣告を受けた市民課長は、残された日々を、市民から強く要望されていた公園づくりに心血を注ぐ――。

名優志村喬が、完成した公園のブランコを揺らしながら、〝いのち短し、恋せよ乙女〟と「ゴンドラの唄」を口ずさむシーンは、心に染み入るものだった。

かつて東京都で、職員の不作為が都民の暮らしに大きな支障をきたす事例が頻発したことがある。当時の知事が映画「生きる」を引用し、公務員として都民へ献身することの意味を職員に説き、同時に「君たち自身の人生のためにも、切にそのことを祈る」と語りかけたという記事は、働くことの意義を伝える言葉として、まだ若かった私の胸にも深く響き、その後の行政マンとして過ごした日々にも、大きな影響を与えることになった。

誰しも、生まれた時から余命を生きているのだから、行政マンならずとも人生を〝生きる〟ことの意味は、自らを含めた社会のために何かを為し、伝えていくことにある。とりわけ、市民の負託を受けた行政マンの仕事への向き合い方は、地域の様相を左右することにもつながっ

ていく。

開拓使が置かれてから百五十年あまり——。進取の気性に富むと言われながら、北海道は未だ中央主導に依存する意識から抜け出せないのが実際だ。作家の佐々木譲さんは、「開拓者精神だの、進取の気性だのという虚構……を、あると言い張って、虚しい未来を思い描くのはやめよう」と喝破されている。

他府県に比べ、長らく国からの優遇を受けながら、経済指標が示す北海道の位置付けが、戦後七十年以上を経てもなお変わらないのでは、資金投入自体が目的化しているといわれても仕方がない。この状況を抜け出すためには、これまでの生き方を切り換えてみる勇気が、この島の未来を創る智恵として必要なのではないか。その智恵を働かせるためにも、行政に携わる者たちのリードオフマンとしての役割が重要になるはずだ。

映画「生きる」が私たちに語りかけたように、自分の人生と北海道の未来を重ね合わせ、北海道だからこその〝道〟を切り拓く気概を持つ行政マンであってほしいと切に願う。あなた自身の人生のために。


楽譜が読めないこと！

現在の道庁文化振興課の前身である生活文化課に、私が課長として赴任したのは、一九九一年（平成三）のことだった。私自身、それまで文化政策には縁もゆかりもなく、行政機関としてもほとんど取り組んでこなかった政策分野だけに、深い戸惑いがあった。しかし、逆にいえば、先輩たちの積み上げたものがないぶん、四面楚歌を恐れない勇気さえあれば、あらゆるチャレンジが可能な領域ともいえた。

そうした環境の中、次代を見据え、三年近い歳月をかけて制定に取り組んだ「北海道文化振興条例」。激しい攻防の末、条例は成立したが、それは、たまたま巡り会った有能な職員たちの知恵と粘り強い努力なしには、成し得ないことだった。

そうした〝戦友たち〟との遭遇に感謝するとともに、肩書きのある時もない時も、そして職にある時もない時も、ともに歌声を響かせることを通して縦社会にとどまらない繋がりを築きたい――そんな願いを込めて結成したのが、課内の「道庁男声合唱団」だった。

以来、職場を異動するたびに、その輪は少しずつ広がり、メンバーの移り変わりはあるものの、今日まで活動を継続することが出来た。道庁という、公務を担う行政機関の中で産声を上げた男声合唱団が、四半世紀に及ぶ歳月を超えて存続できたことは、「北海道」という行政機関では稀有なことだった。

ただひたすら、地道に誠実に活動を積み重ねてきたが、声援を送ってくれる人の輪も広がった。道庁マンの合唱活動が、道民に道庁をより身近なものに感じてもらう上でも、多少の役割を果たすことができたのではないかと思う。

若い職員が参加してくれる一方、歳月がもたらす当然の結果として、退職を迎える団員も増えてきた。道庁の側から見ればOBだが、合唱団員は生涯にわたって現役であり続ける。道庁を退職して挨拶にこられる団員に、私は「いよいよ人生〝本番〟ですね」と声をかける。これまで語り続けてきた〝肩書きを越え、職にある時もない時も〟の想いは、四半世紀の時を超えて、団員たちの胸に確かなメッセージとして届いているように思う。

音楽家宇崎竜童氏が還暦を迎えた時、「六十歳になって思うのは、義務教育をようやく終えたということ」と語り、札幌で活躍する女性ジャズシンガー黒岩静枝さんは、「六十歳を迎えて、やっと人生の予行演習が終わったような気持ち」とつぶやいた。さらりと語るその言葉の中に、この高齢社会を逞しく生き抜いていくための智恵が潜んでいる。

歌声を積み重ねてきたこの四半世紀に及ぶ歳月は、縦社会を超えた横軸の繋がりの大切さを、改めて気づかせてくれるものだった。新しいことを良しとし、古くなったら捨てることで経済を発展させてきた私たちだったが、豊かさの本質を勘違いしたままにしてきたツケが、今、重くこの社会にのしかかり、しっぺ返しを喰らっているような気がしてならない。

少子高齢社会の真っ只中に佇む私たちだが、時間を味方にして、時を重ねることで生み出される価値に敬意を払わなければ、心和む未来を手にすることなど出来ないはずだ。

音譜不得意の私が、開き直るように「楽譜が読めないこと！」を募集要項の第一項に掲げ、結成にこぎつけた男声合唱団。あれから四半世紀あまり――。メンバーの多くは、肩書きを過去に置いてきたが、テクニックだけでは決して生まれないハーモニーは、今なお北の空に響き続けている。

「ない」ことを力に変える

「ない」ことは、一般的にマイナスイメージなのだが、その「ない」ことが幸いする場合が、人生にはままある。

道庁マンとしてはまだ役職の経験もない若手、というより若造といって良いほどの頃。当時、ひと仕事を成し終えた私に対する褒賞の意味合いもあったのか、「外務省へ出向」という人事が、ほぼ決まりかけたことがある。外務省に三年勤務したのち、さらに三年、カナダの総領事館に書記官として勤務するというものだった。

六年もの間、北海道を離れることに気が進まず、何より語学コンプレックスを持つ人間としては何とか避けたい異動だったが、ほぼ決定とのことだった。ところが最終段階で、外務省から「国立大学出身者に代えてほしい」との意向が伝えられ、この異動は破談となった。

幸いというべきか、私は私大の出身。代わりに出向したのは、優秀な東大出身者だった。この時ほど、半ば冗談ながら「東大卒でなくてよかった！」と思ったことはない。

彼は、確かに優秀かつ人脈も豊富な人物で、カナダの総領事館では、自治体出身者としては異例の一等書記官にまでなった。そして六年後、入庁同期生では異例ともいえる、課長職で道庁に復帰。私はまだ課長補佐にもなっていなかったはずで、行政マンとしての役職の差は歴然としていた。

ところが、好事魔多しというべきか、のちに彼は道庁絡みの〝ある事件〟で刑事被告人となり、道庁を去ることになった。俗っぽい話だが、結果としてみると外交官の末席に名を連ねる人生になったかどうかは、「国立大卒か、私大卒か」で、その後の道が分かれることになった。

少なくともあの時、語学劣等生の自分がカナダ行きとなっていたら……と考えると、今さらながらゾッとする。国立大卒で「ない」ことによってこの北の地に足を踏み据え、私なりの北海道暮らしを積み重ねてこられたことに、いまは感謝するばかりだ。

禍福は糾《あざな》える縄のごとし、というが、さらに遡って思い起こしてみると、十五歳の時に転校生となったことも、私にとっては大きな分かれ道だったかもしれない。中学を終え、入学した高校は旧制中学の伝統を引き継ぐ名門校で、周りから見ると「よくぞ、デカした！」というところだったろう。

しかし、一年次から試験に追われる毎日のうえ、張り出される成績が良ければまだしも、いつも真ん中以下ではストレスがたまる一方だった。そこへ、父親の転勤辞令が……。喜び勇んで異動先の富良野へ向かった。父の後ろをついて降り立った富良野駅前は、今とはまるで雰囲気が違い、砂塵舞うアメリカ西部の荒野の如し、だったような気がする。

最初は面食らったが、転校した富良野高校では試験に追われることもなく、滔々と流れる空知川をいつも眺めながら、クラブ活動に打ち込む日々。連綿たる伝統も、世間的な名声も、社会で活躍する著名人名録の蓄積もあるわけでは「ない」。しかし平凡ながら、十代の若者の心に爽やかな思い出を積み上げるのに十分な田園暮らしだった。そこで出会った富良野の自然と人びとに、感謝するばかりだ。

その後、時を経て大きく様変わりした富良野だが、私の第二のふるさとであると同時に、今や、自らの意思で選びとる〝第三のふるさと〟の一つともなった。


のちに道庁職員として、多くの地域政策に関わることになったが、その政策決定は、通常なら専門的な知見や知識を積み重ねる中で行われていく。しかし、予期しない事態が突如発生した時、通常のマニュアルに頼るだけでは時機を失し、予期しない事態を招くことになる。それだけに、初動対応がすべてを決するといっても過言ではない。

これもまた予期しないことだったが、二〇〇一年(平成十三)の秋、北海道佐呂間町で生まれた牛が、日本初の狂牛病と診断され、食の安全を巡って日本中がパニックに陥った。その日、ただちに道庁内に「北海道狂牛病対策本部」が設置され、私がその本部長に就く巡り合わせとなった。

当時の緊急課題は、「全頭検査に踏み切るかどうか」、そして「一次検査の結果を全面公開するかどうか」の二点にあった（一三九頁「北海道スタンダードが拓く北の希望」参照）。国や政治家から激しい反発を受ける中、北海道が独自に〝全頭検査〟の導入と検査結果の〝全面公開〟を決断できたのは、私が農業行政の経験をもたない素人だったことが幸いしたといって良い。

経験のないこと、換言すれば〝しがらみ〟のないことをむしろ強みにして、生活者、消費者の目線をすべての立脚点にした北海道独自の決断。それが、結果としてEU基準を上回る日本独自のスタンダードとなり、世界に発信できたことは、地域の生き方の提示として大きな意味を持っていたのではないか。少なくとも、想定もしなかったマイナスの事象を、結果としてプラスに転化した事例として、人々の記憶に刻まれることになった。

時に、持っていない「ない」ことをアドバンテージに変えて、この北の島から次代に向けた新しい旗を立てる志《こころざし》を持続させる——そうした積み重ねが、この大地の遥か未来に続く希望の道へ、私たちを導いてくれるはずだ。

自治体経営陣へのラブレター

心に込み上げる深い喜び、心に沈む深い哀しみを的確に言語表現することが容易ではないように、文化芸術の持つ力や価値を適切に伝えることは難しい。政策を実行したことによる効果を、目に見える形で示すことが求められる行政機関にあって、とりわけ文化政策を具現化するための予算獲得は、その多寡に拘わらず多大なエネルギーを要する。

多くの自治体における文化予算の脆弱さは、文化政策の生み出す多様な役割に対する理解が、今日なお、自治体経営陣に共有されることの少ない証左といえるだろう。「文化で飯が喰えるか！」という常套句は、依然として自治体の現場で熾烈に語られているに違いない。

しかし、グローバル化が進む今日、文化芸術の持つ価値はより重層的に深まっている。グローバル化とはつまり、情報化の進展と同義語といって良いだろう。情報化は、日々の暮らしをとてつもなく便利で効率的なものにする一方、一人ひとりの個性や独自性を奪いかねない危うさもはらんでいる。グローバル化する日常の中で、一人ひとりの個人は、情報にさらされればさらされるほど、自分が何ものであるのかに目覚め、自らのアイデンティティを求めて模索し始めることになる。

そのフィールドは、決して国のような大きく曖昧模糊とした単位でなく、手のひらサイズの地方にこそ求められるようになるだろう。それも、かつてのような重厚長大な地方ではなく、歴史や風土に根ざした独自の空気感と固有の文化的価値を持ちながら、親しきものとともに暮らす〝ふるさと〟ともいうべき場に、人は回帰していくに違いない。

自治体経営陣の主たる役割が、市民の健やかに生きる環境の創造にあるとすれば、文化芸術の力を侮っていては、リーダーとしての時代認識が問われることになる。

文化芸術は、単に心の癒しとなるだけでなく、人の持つ才能を発掘し開花させ、次なる意欲を高める力を持つ。そして文化芸術を通じて対話が生まれ、創造力を刺激し、〝ひと・もの・こと〟すべての魅力を深めていく。住む人の誇り、訪れる人の共感を育む文化芸術の力は、新しい世紀における地域発展の確かな推力になっていくといっても過言ではない。

北海道は、全国土の二十二パーセントという大きな面積を占めながら、経済的には一周遅れのランナーと言われ、長らく原材料供給基地に甘んじてきた。しかし今日《こんにち》、少数ながら、先んじて文化芸術の推力に着目し、共感を呼ぶ地域として輝きを増している自治体が確かに存在する。文化芸術の力が人の循環を呼び起こし、結果として経済的循環をも生み出していくことは、いくつかの先駆的事例が実証している。

例えば東川町。今、全国の写真を愛する高校生にとって、東川は憧れのまちとなっている。一チーム三人で戦われる「写真甲子園」の本選大会ももちろん魅力的だが、私が最も心惹かれてきたのは、表彰式のラストに流される映像だ。三日間にわたり熱戦を繰り広げてきた高校生たちのひたむきな姿が、スクリーンに映し出される。

実はこの映像、これまで本選出場が一度も叶っていない地元の高校生が、同じ世代の奮闘する姿をひたすら追ったものだ。本戦の写真のようにスポットライトを浴びることはないにしても、地元高校生が写し取った記録は、見る者の心を熱くさせる力を持つといつも感じている。

人口八千三百の小さなまちが、時代の今を切り取る写真芸術のフィールドとして、若者たちの聖地となる。その聖地たるふるさとに誇りを持ち、心からのエールを込め、熱戦の三日間を裏方に徹して支える若者たちが存在するまち――。そのこと自体が、東川町に文化的環境が集積している証左といえるだろう。

文化的環境が、訪れる人の創意を刺激し、誘発された感動が新たな波動をひろげていく。と同時に、住む人の誇りも育むという相乗する力は、金銭を一気に投資したからといって生み出せるものではない。時間の積み重ねだけが創り出す、新たな価値といって良い。

自治体経営陣は、もはや「文化で飯が喰えるか！」と言い放ち、目先の利益にだけ汲々としている場合ではない。たかだかの限りある任期を超えて、その先も持続していく未来のためにも、地方にあることの歓びと希望を創造していく志《こころざし》が必要であり、それこそが地方に関わるリーダーとしての醍醐味ではないか。

風に向かって立つ

大学時代の四年間、そして国の機関で過ごした一年間を除くすべての刻《とき》を、この北海道で過ごしてきた。この大地の悠久の営みから見ればほんの一瞬のことだが、道民の一員として、北海道という地方自治体の真価が問われる決断の場面に幾度か関われたことは、振り返ってみると幸せなことだった。

想定外の危機や、常識を超える未体験の事態に、いくつか遭遇した。それらはいつも、ある日突然やってくるだけに、そうした事態に対処するためのマニュアルなど存在しないし、用意されていたとしてもほとんど役に立たない。

とりわけ、政治や行政の場で決断を求められる場合、さまざまな利害や思惑が複雑に絡み合う修羅場と化すこともしばしばだ。しかし、渦巻く利害や思惑に翻弄されていては、時間の経過に耐えうる決断、ましてや「時代がやっと追いついた」と未来において評価される決断をくだすことなど、とうてい覚束《おぼつか》ない。それは、無難を志向しがちな行政組織に長らく身を置いた、わが身の実体験が教えてくれることでもある。

公共の福祉を担う一員として地域の今と未来に関わり続ける中で、常に心していたことがある。それは、渦巻く利害や思惑に飲み込まれることなく、また市民から負託を受けた者としての志を途中下車させることなく、より公正な政策決定にどのようにして辿り着くか、ということだった。そして、そのために心すべきことはなにかを、いつも考えてきた。

人は、意識するとしないとに拘わらず、地域の歴史や風土、文化がつくる空気感に包まれながら、日々の暮らしを積み上げている。厳しい局面で向き合う決断には、時として深い迷いや惑いが伴う。だからこそ、利害や思惑を越えて明日に恥じない選択をするために、暮らしの原点ともいうべき地域に立ち返り、心に刻みつけてきた記憶に、素直に耳を澄ませてみることが必要となる。

政治や行政の公正さが揺らいでいる時であればなおのこと、地域の中で積み上げてきた原風景を拠り所にした決断には、利害や思惑にとらわれた発想を突き破る底力がある。誤解を恐れずにいえばそれは、「その決断によって、無償の愛で子どもの生命を守り抜いてくれた父や母の目を、涙で曇らせはしまいか……」と、自らの胸の奥深くに尋ねてみることなのだ。

分権の時代と謳われ、「地方分権推進一括法」を成立させたにも拘わらず、以前にも増して中央集権化がひたひたと進行している。しかし、地方分権が民主主義を成熟させ、多様な地域の発展を支える根源的な仕組みであることに変わりはない。中央集権型社会の中で染みついてきた依存体質をそのままに、力の強いものに安易に依拠する道を突き進むのか、あるいは、主体的な意志を持って自主自律の道を行くのか——。地域が長いスパンで歩んでいく道程を考えれば、どちらが未来への扉を開く道につながっているかは、自明のことだろう。

自らのミスで招いた事態も含め、多くのピンチは予期せぬ時に突然現れる。それは、いつの時代にも起きることだが、実はピンチ自体が〝ピンチ〟なのではない。地域を先導する役割を担う者が、起きた事象の本質を見定め、しがらみを越えてその本質に全人的に立ち向かう度量を有するかどうかが、危機を回避できるか否かの分岐点となる。そして、風に向かって立つ勇気にもし翳りがあれば、それこそが真のピンチだ。

地域社会の主人公は、市民一人ひとりであることはいうまでもない。しかし、その先頭に立つ、選ばれたトップリーダーの人格や識見、そして時代感覚や決断力が、地域の将来を大きく左右することは、紛れもない事実だ。殻を打ち破る勇気を持たず、既存の力に寄りかかるだけでは、当面の対応はできたとしても、ピンチが内包する本質的な危機を乗り切り、未来に繋がる価値を創っていくことなどできるはずもない。

不測の事態に遭遇した時こそ、人も組織も、過去に学びながら積み上げてきた潜在的エネルギーの真価が問われることになる。

忘れてならないのは、その時々の多数派が、新しい時代を切り拓く叡智を持つとは限らないという事実だ。それは、これまでの歴史が明確に示している。地域の未来に責任を持つ者の使命は、眼先の利益に走るさまざまな思惑を排し、時には孤立することも恐れない勇気を持って、この北の大地ならではの新しい地域像を創っていくことだ。

いうまでもなく、地方自治は企業経営とは異なる。利潤の最大化を目ざす経済行為には、世界標準が存在する。だが、百人の住人がいれば豊かさの物差しも百通りある、と考えることこそが地方自治といって良い。地域というローカルを深く掘る智恵こそが、グローバルの時代を誇り高く生きるための道を拓くことになる。

固有の歴史や文化を有するこの愛すべき北の大地に、足をすっくと踏み据え、暮らしの中で積み上げられた原風景ともいうべき記憶を起点に決断を重ねていく――そうした勇気を持つ、敬愛すべきトップリーダーの登場を心から願うばかりだ。

あとがきに代えて――包み込み、勇気をくれた「君」へ

学生時代を東京で過ごした私が、再び君の元へ帰ろうと思い定めて上野駅をあとにしたのは遥か昔――もつれた糸のような想いを抱えた旅立ちだった。東京の空に学生たちのシュプレヒコールが響き、大学がバリケードで封鎖される騒然とした時代。思想信条には乏しい平凡な学生だったが、社会や自分のありように心揺らし続けた季節、志をともにしたはずの友とも離れ、自分なりの挫折を深く抱えた、心くすむ北帰行《ほっきこう》だった。

そんな私を、しかし君は包み込むような優しさで迎えてくれた。君の寛容さは、かつて北を目ざした人たちが、自らは選びようもない出自や出身を越えて、ともに支え合いながら生きていくための智恵だったに違いない。そうした風土が、この地に再び辿り着いた若者の心をやわ

らかく包み込み、肩をポンと一つ叩いて、「大丈夫だよ」と囁いてくれたのだ。

初めて就いた仕事は、生活保護のケースワーカー。社会経験の乏しい若者にとって、身のすくむような現実との遭遇だった。しかし、その強烈な体験は、地域に根ざして生きることの意味を、この身に深く植え付けてくれる日々でもあった。

私は今、三十数年に及ぶ行政機関での仕事を終え、一市民として、多様な地域活動の輪の中にある。その取り組みを見て、「組織にある時もない時も、その姿勢は少しも変わりありませんね」と言ってくれる人がいる。もしそれが、少しは当たっているとするなら、二十二歳の若者がたじろぎつつも君と出逢い、地域の人たちとともにある中で気づかされた〝組織人である前に市民であること〟への想いが、すべての活動の起点になっているからかもしれない。

この短くはない歳月の中で、疲れ果てて心が折れそうになる時も、君は私を励まし、起き上がる力を授けてくれた。そして、君の未来を揺るがせるような困難に遭遇し、私が四面楚歌の中にある時も、君は私を強くし、一歩前に出る勇気を与えてくれたのだ。

アイルランドの大地で生まれた「You Raise Me Up」（作詞：Brendan Graham）という楽曲がある。多くの歌い手がカバーするが、中でも、かつてパン職人として働き、その苦節の日々をシワに刻み込んだマーティン・ハーケンスが歌う「You Raise……」に心動かされる。

ビデオクリップでハーケンスは、穏やかな表情を浮かべながら石畳みの街角で歌う。街並みに朗々と響き渡るその力強く温かな歌声は、心に深く染み入り、聴く者の心に勇気を沸き立たせてくれる。

君は　私に勇気をくれる　だから山の頂きを目ざすことができる
君は　私を起き上がらせてくれる　だから嵐の海をゆくことができる
君は　私に力をくれる　自分を超えていけるように

（著者による意訳）

かつて、回り道の果てに再び辿り着いた、「北海道」という名の君。
私は、君に恋し、君に背中を押されながら今日まで来た。経済力には少し乏しいとしても、君は、多様性と共生の智恵を秘めた次代の力強いランナー。芽吹きの春は、もうそこの角までやってきていて、間もなく君の時代が巡りくる——そう私は信じている。

鮮やかな四季に輝く大地。その懐に抱かれながら生きる私の旅は、もう〝午後〟というより、暮れゆく〝黄昏《たそがれ》〟の中にあるが、君の元に生まれた歓びを胸に、君の元に還りつくまでの日々を、自分なりの歩幅で歩いていきたいと心している。

本書は、朝日新聞北海道版で二〇一四年六月から二〇一七年三月まで連載したエッセイ「木もれ日の午後に」を中心に、各紙誌に寄稿したものと書き下ろし原稿で構成した。本書への収載にあたって、ほとんどの原稿に加筆修正を施している。中でも、三年続いた朝日新聞の連載は、私を育ててくれた〝北海道〟という大地の持つ〝希望〟に耳を澄ませ、目を凝らすことで紡ぐことのできたものであり、そうした機会を与えていただいたことに改めて感謝したい。

最後に、本書が産声を上げるために力を尽くしてくださった、株式会社亜璃西社の和田由美さん、井上哲さんを始めとする関係者の皆さんに、心から謝意を表したい。

そして、同時代をともに生き、寄り添ってくれた、すべての人々に感謝を込めて——。

二〇一九年秋、木もれ日の午後に佇みながら

磯田憲一

◇著者略歴　磯田憲一（いそだ・けんいち）

一九四五年（昭和二十）旭川市生まれ。北海道富良野高等学校を経て、一九六七年明治大学法学部卒。同年「北海道」入庁。政策室長、上川支庁長、総合企画部長を歴任し、二〇〇一年北海道副知事に就任。二〇〇三年退任。北海道農業企業化研究所（ＨＡＬ財団）理事長、旭川大学客員教授、公益財団法人北海道文化財団理事長、認定ＮＰＯ法人アルテピアッツァびばい理事長、「君の椅子」プロジェクト代表、東川町・北工学園理事長などを務める。二〇一四年第六回日本マーケティング大賞地域賞受賞。二〇一五年「春の叙勲」で瑞宝中綬章受章。同年、サントリー地域文化賞受賞。

＊文中で引用させていただいた「大雪よ」の作詞者・阿部佳織氏の連絡先が不明のため、掲載の許諾が取れませんでした。お心当たりの方は、弊社までご連絡ください

遥《はる》かなる希《き》望《ぼう》の島《しま》
――「試される大地」へのラブレター

二〇一九年十月十九日　第一刷発行
二〇二〇年二月七日　第二刷発行

著　者　磯田《いそだ》　憲《けん》一《いち》
装　幀　須田照生
編集人　井上哲
発行人　和田由美
発行所　株式会社亜璃西社
札幌市中央区南二条西五丁目六―七
メゾン本府七〇一
ＴＥＬ　〇一一―二二一―五三九六
ＦＡＸ　〇一一―二二一―五三八六
ＵＲＬ　http://www.alicesha.co.jp/
印　刷　株式会社アイワード